吳昆展 編著

故事雲

中國精怪

經典大閱讀

目次

第一部 動物化精怪

第二部　植物化精怪

第三部　物品化精怪

中國精怪概說

什麼是精怪？東漢王充的《論衡》說：「物之老者，其精為人。」意思是萬物經過長久歲月的積累，可能成修煉成精，並幻化成人類的樣貌，「怪」則是異常的現象或存在。此外東晉葛洪的《抱朴子．登涉》也說：「萬物之老者，其精悉能假託人形，以眩惑人目而常試人，唯不能於鏡中易其真形耳。」意思是說天地間的萬物，只要時間久了就會成精，能夠變化成人形，讓人的眼睛迷惑而無法分辨真假，但是卻無法將自己映在銅鏡中的影像一併變化成人形，所以照鏡子時還是會顯現出原形。

東晉干寶《搜神記．十二卷》裡說：「千歲龜黿，能與人語；千歲之狐，起為美女；千歲之蛇，斷而復續；百年之鼠，而能相卜：數之至也。」郭璞在《玄中記》中也記載：「狐五十歲，能變化為婦人，百歲為美女，為神巫。或為丈夫，與女人交接。能知千里外事，善蠱魅，使人迷惑失智。千歲即與天通，為天狐。百歲鼠化為神……千歲之黿，能與人語。千歲之龜，能與人語。」由此可知，精怪化為人身的概念，大概是起源自東漢、到魏晉時期流行起來。

古代的人們普遍認為，萬物皆有靈，時間久了就會成精作怪。成為精怪的動物，有的具有靈性，擁有人類的感情，能夠理解人的意思，甚至有自己的思想，如《耳食錄》中有會講話的貓，《聊齋志異》中有會向人求醫的狼，以及吃掉老太婆獨生子後轉而負起奉養責任的老虎，這些都是具有靈性，能夠和人溝通的精怪；有的動物則是經過長時間的修煉、成長，而變得比原本的形體更碩大、形象更奇特怪異，像是《山海經》中記載的九尾狐、《續子不語》中有九條尾巴的巨大怪蛇，或是《廣異記》中能與山神爭鬥的大蟹精；最多的故事則是記載動物、植物與器物精怪幻化成人形，像是《庚巳編》裡的白狗與芭蕉、《宣室志》裡的人參、柳樹、毛筆，《傳奇》裡的猿猴、《警世通言》中的白蛇與青蛇、《聊齋誌異》中的狐狸等等，不只魅惑人、捉弄人，甚至與人婚配。

中國古代的精怪故事可概分為以下幾類：一、動物化精怪；二、植物化精怪；三、物品化精怪，後者最為大家耳熟能詳的，就是在《西遊記》中，從石頭蹦出來的猴精——齊天大聖孫悟空。

中國古代的精怪故事，原型大部分都來自真實的動植物、無生物與器物，可以說是結合人類想像力與創造力而生，其形象與人類心理息息相關，尤其是《聊齋志異》中的精怪往往富有濃厚的人味，讓人覺得可親可愛；此外，部分精怪故事也呈現了「戒色」和「戒殺」的社會價值觀，警告人們應該遠離美色誘惑，以潔身自持，並強調戒殺護生，尊重一切有情生命，否則將會得到報應，並自食惡果。

第一部　動物化精怪

吃人的九尾狐

出自：《山海經》

在很久以前的遠古時代，有一個青丘國，那裡有座青丘山，山的南面蘊藏有許多玉石，山的北面則有很多青色的礦石。青丘山裡有一種野獸，長得很像狐狸，有四隻腳，卻有九條尾巴，叫聲跟嬰兒的哭聲很相似，卻是一種會吃人的野獸，如果吃了牠的肉，就不會受邪氣侵害。

◈又東三百里，曰青丘之山，其陽多玉，其陰多青雘。有獸焉，其狀如狐而九尾，其音如嬰兒，能食人，食者不蠱。——〈南山經〉

青丘國在其北，其狐四足九尾。——〈海外東經〉

有青丘之國，有狐九尾。——〈大荒東經〉

關於《山海經》

中國最早的百科全書性質的典籍，共十八卷，非一時一人所作，採集撰寫年代約從戰國初年到漢初。《山海經》內容涉及神話、宗教、天文、地理、動物、植物、歷史、民族、醫藥等，其中對海內外諸國的地理風物、遠古鳥獸的描寫，呈現了古人的想像力，也包含了許多中國古代神話的基本來源。

有此一說

《山海經》所記錄的九尾狐，一般認為是最早的九尾狐傳說。古代典籍中有許多關於九尾狐的記載，早期古人認為，九尾狐的出現，是一種象徵吉祥的祥瑞之兆，唐代歐陽詢奉敕編撰的《藝文類聚》，收集了許多古代的文獻資料，其中第九十九卷「祥瑞下」，就寫到了九尾狐：「《瑞應圖》曰：九尾狐者，六合一同則見，文王時，東夷歸之。……《周書》曰：成王時，青丘獻狐九尾。……《孝經援神契》曰：德至鳥獸，則狐九尾。」意思是當天地之德傳到鳥獸身上，就會出現九尾狐，而九尾狐只有在聖德的君王在位，天地統一的時候才會出現，所以周文王的時候，東夷族前來歸順，周成王的時候，青丘這地方進獻了九尾狐。漢代西王母圖像中身邊也常出現九尾狐。

然而到了魏晉南北朝，狐的形象開始有了轉變，葛洪的《抱朴子》說：「狐狸豺狼，皆壽八百歲。滿五百歲，則善變為人形。」志怪筆記小說中開始出現狐變成人形、魅惑人心的故事，到了唐代，張鷟的《朝野僉載》記載：「唐初以來，百姓多事狐神。」但這裡的狐與其說是神，更像是妖。明代小說《封神演義》中，敘述九尾狐奉了女媧之命，化身為妲己前去誘惑商紂王，讓紂王失去了民心與江山，使得周武王成功伐紂。於是，九尾狐在民間的觀念中，變成會魅惑人心的惡獸。

有仇必報的白狐

出自：《西京雜記》

漢代的廣川王劉去有個怪癖，喜歡挖掘古墓，蒐集古人的陪葬品。有一次，他叫人挖掘春秋時期晉國名將欒書的墓塚，進入墓室以後，發現欒書的棺槨和陪葬的器物全部都已經腐朽潰爛了，墓穴裡有一隻白色的狐狸，一看見有人靠近，就驚慌失措地逃跑了。廣川王命令左右隨從們追捕牠，但是狐狸動作靈巧，東奔西竄，無法直接用手活捉，其中一個手下用戟刺傷牠的左腳，但狐狸還是負傷逃走了。

當天晚上，廣川王夢見一個身穿白衣的男子，連頭髮、鬍鬚、眉毛也都是白色的，他生氣地對廣川王說：「我和你無怨無仇，為什麼要刺傷我的左腳？」接著便用手杖敲打廣川王的左腳。廣川王從睡夢中驚醒，覺得左腳紅腫疼痛，仔細察看以後，原來腳上長了一個毒瘡，但是無論怎麼醫治，始終都治不好，一直到死都沒有痊癒。

◆漢廣川王好發冢。發欒書塚，棺柩明器，朽爛無餘。有白狐兒，見人驚走。左右逐戟之，莫能得，傷其左腳。夕，王夢一丈夫，鬚眉盡白，來謂王曰：「何故傷吾腳？」仍以杖叩王左腳，王覺，腳腫痛生瘡。至此不差。

關於《西京雜記》

作者不詳，相傳是東晉葛洪著，也有人說是漢朝劉歆所作，筆記小說，共有六卷。西京指的是長安，所記皆漢武帝前後之事，有歷史也有軼聞，篇幅短則十幾字，長則千餘字，文筆簡潔。

有此一說

本篇據說是最早的狐狸化人的故事，不過有別於一般媚惑人的狐狸精，故事中的白狐是化身男子的形象，且是出現在夢中。

斑狐與華表

出自：《搜神記》

晉惠帝時，張華擔任司空。

當時，戰國時代的燕昭王墓前住著一隻斑狐，多年修煉，已能變化多端。有天變成一個書生，想去拜見張華，斑狐先拜訪墓前的華表樹，問它的意見：「憑我的才能和相貌，能見張司空嗎？」華表說：「憑你高明的才識，沒有什麼不行的。只是以張司空的才智見識，恐怕很難瞞過他，你去一定會受到侮辱，說不準還回不來，不僅會喪失你修煉千年的身體，連我也會受到牽連，脫離不了干係。」斑狐沒有聽從華表的勸告，還是拿著名帖去拜見張華。

張華見他年少風流，膚色潔白如玉，舉動從容大方，左顧右盼風度翩翩，便很看重他，與他談論文章，辯論名實。少年書生的見解與論點，張華從沒聽說過。然後又與他研究《史記》、《漢書》、《東官漢記》，探討諸子百家的深奧理論，談論老莊哲學的奧妙，剖析《詩經》中不為後人知曉的意義。討論的範圍，包括堯舜以下的歷代聖君賢哲，貫通天、地、人的道理，批評孔子以後的儒家八派，闡明各種禮制。

談論中，張華經常對答不上，於是嘆氣道：「天下竟有這樣博學的少年？如果不是鬼怪，大概就是狐狸吧。」於是整理床鋪留他夜宿，並派人監視他。少年書生知道了，就說：「您應當尊重人才，容納人才，獎勵有才能的人，而憐惜沒有才能的人。為什麼憎恨別人有才能學問呢？墨子主張兼愛，難道是鼓勵人這樣做的嗎？」說完，就要離開，但張華已經讓人守住大門，於是書生又對張華說：「您在門前安排武士和巡邏的騎兵，一定是懷疑我。您這樣做，恐怕會使天下有才能的人，捲著舌頭而不敢說話；有智謀的人，看到您的家門也不敢進來。我實在為您感到十分遺憾。」張華沒有回答，只交代手下防守得更加嚴密。

這時，豐城縣令雷煥來拜訪張華，他是個博學多才的人，張華把書生的事告訴雷煥，雷煥建議說：「如果懷疑他是狐狸，為什麼不用獵狗試一試他呢？」於是用狗去恐嚇書生，書生竟然一點也不怕，書生說：「我天生才高智高，你們竟認為我是妖怪，用狗來試我。儘管試吧，難道我會怕嗎！」張華聽後更加生氣：「這一定是真妖怪。聽說鬼怪怕狗，但狗只能分辨出有幾百年修行的鬼怪，卻分辨不出有千年修為的老怪。若是燃燒千年枯木來照射他，就能立刻讓他現出原形。」雷煥說：「千年神木要如何取得？」張華說：

「傳說燕昭王墓前的華表木柱，至今已經有千年歷史了。」於是派人去砍伐華表。

被派遣的使者快到華表所在處時，忽然空中有個身穿青衣的小孩走來，問使者說：「你是來做什麼的？」使者說：「有一個少年書生拜訪張司空，多才巧辯，但司空懷疑他是妖怪，派我砍伐華表取得千年木柱去照他。」青衣小孩說：「老狐狸固執不明智，不聽我的話，現在災難牽連到我了，難道我還能逃得了嗎？」說完放聲大哭，就突然不見了。使者砍伐華表的時候，木柱流出血來，使者便把它帶回去。點燃後照射書生，一看，原來是隻斑狐。張華說：「這兩樣東西千年也難遇到像我一樣的剋星。」於是就把狐狸給烹煮了。

◆張華字茂先，晉惠帝時為司空。

於時燕昭王墓前，有一斑狐，積年能為變幻。乃變作一書生，欲詣張公，過問墓前華表曰：「以我才貌，可得見張司空否？」華表曰：「子之妙解，無為不可。但張公智度，恐難籠絡，出必遇辱，殆不得返。非但喪子千歲之質，亦當深誤老表。」狐不從，乃持刺謁華。

華見其總角風流，潔白如玉，舉動容止，顧盼生姿，雅重之。於是論及文章，辨校聲實，華未嘗聞。比復商略三史，探頤百家，談老、莊之奧區，披風、雅之絕旨，包十聖，貫三才，箴八儒，擿五禮。

華無不應聲屈滯，乃歎曰：「天下豈有此年少！若非鬼魅則是狐狸。」乃掃榻延留，留人防護。此生乃曰：「明公當尊賢容眾，嘉善而矜不能。奈何憎人學問！墨子兼愛，其若是耶？」言卒，便求退。華已使人防門，不得出，既而又謂華曰：「公門置甲兵欄騎，當是致疑於僕也。將恐天下之人，捲舌而不言，智謀之士望，門而不進，深為明公惜之。」華不應，而使人防禦甚嚴。

時豐城令雷煥，字孔章，博物士也，來訪華。華以書生白之，孔章曰：「若疑之，何不呼獵犬試之？」乃命犬以試，竟無憚色。狐曰：「我天生才智，反以為妖，以犬試我。遮莫千試萬慮，其能為患乎？」華聞益怒曰：「此必真妖也。聞魑魅忌狗，所別者數百年物耳，千年老精，不能復別。惟得千年枯木照之，則形立見。」孔章曰：「千年神木，何由可得？」華曰：「世傳燕昭王墓前華表木已經千年。」乃遣人伐華表。

使人欲至木所，忽空中有一青衣小兒來，問使曰：「君何來也？」使曰：「張司空有一少年來謁，多才巧辭，疑是妖魅。使我取華表照之。」青衣曰：「老狐不智，不聽我言，今日禍已及我，其可逃乎？」乃發聲而泣，倏然不見。使乃伐其木，血流，便將木歸。燃之以照書生，乃一斑狐。華曰：「此二物不值我，千年不可復得。」乃烹之。

關於《搜神記》

作者干寶（?～336），漢魏六朝最具代表性的志怪小說集，東晉著名史學家及文學家，他從民間大量蒐集了各種關於鬼怪、奇聞、神異以及方士神仙的傳說，也有採自正史中記載的祥瑞、異變等事蹟。原書後來散佚許多，後人從其他許多書中轉載的內容，輯錄在一起，才成為流傳到今天的《搜神記》。

它對後世的中國傳奇小說影響鉅大，像是「唐人傳奇」，以及清初的《聊齋志異》，都有相似的寫作手法。書中的故事，除了生動有趣，也深具警世的意味。

南海大蟹與山神

出自：《廣異記》

從前有個波斯人，常常說自己曾經乘船飄洋過海的故事，像天竺國這麼遠的國家就已經去了六、七次。他最後一次航海時，船在大海裡隨波逐流，不知道漂泊了幾千里，到了一個海島邊，在島上看見一個外國人，穿著草葉綴成的衣服，與他同行的人都很害怕，上前問這外國人。外國人回應：「從前我和幾十個同伴的船被海水淹沒，只剩下我順著流水，漂到了這裡。我採摘樹上的果實和挖掘草根當作食物，才存活至今，沒有餓死。」大家都很同情他，於是讓他也搭上船。那外國人說：「島中有一座大山，山上全是非常珍貴的玉石、瑪瑙、水晶等各種珍奇寶貝，多到數都數不清。」於是船上的人都紛紛丟棄自己的廉價貨物，前往撿拾島上的珍寶。等到船已裝滿，這個外國人又催大家趕快開船，因為山神如果到了，一定會非常生氣痛惜，於是大夥兒很快地趁著順風，掛好船帆駛離海島。

船開了四十多里，遠遠看見有個山峰上有赤紅色長蛇形狀的東西，慢慢的越來越大。外國人說：「這是山神為了保護他的珍寶，來追我們了，這該如何是好？」船上的人都非常驚慌害怕！這時突然看見兩座山從海中浮現，有幾百丈高。外國人高興的說：「好了，好了，這兩座大山是大蟹的兩隻螯，這隻大蟹經常和山神爭鬥，山神多次被牠打敗，很怕大蟹。現在牠的螯一出現，我們可以得救，不必擔心了。」果然大蛇不久就靠近了大蟹，兩者纏鬥了很久。蟹螯夾住了蛇頭，巨大的蛇死在水面上，像連著的山一樣，船上的人因此都平安獲救。

◈近世有波斯，常云乘船泛海，往天竺國者已六、七度。其最後，船漂入大海，不知幾千里，至一海島。島中見胡人衣草葉，懼而問之，胡云：「昔與同行侶數十人漂沒，唯己隨流，得至於此。因爾採木實草根食之。得以不死。」其眾哀焉。遂船載之，胡乃說：「島上大山悉是車渠瑪瑙玻瓈等諸寶。不可勝數，舟人莫不棄己賤貨取之。既滿船，胡令速發，山神若至，必當懷惜，於是隨風挂帆。

行可四十餘里。遙見峯上有赤物如蛇形。久之漸大。胡曰：「此山神惜寶，來逐我也，為之奈何？」舟人莫不戰懼。俄見兩山從海中出，高數百丈。胡喜曰：「此兩山者，大蟹螯也。其蟹常好與山神鬭。神多不勝，甚懼之。今其螯出，無憂矣。」大蛇尋至蟹許。盤鬬良久。蟹夾蛇頭，死於水上，如連山，船人因是得濟也。

關於《廣異記》

作者戴孚，生平不詳，唐代筆記故事集。本書記錄當時傳聞，內容涉及神仙、法術、公案、鬼怪、因果、奇遇等故事。本書上承六朝志怪，對唐傳奇小說創作有深遠影響。原書已散佚，《太平廣記》中保留了大部分故事。

水怪無支祁

出自：〈古嶽瀆經〉

唐貞元丁丑年間，隴西人李公佐泛舟於瀟江、湘江。有一天在蒼梧山下，偶然遇到征南將軍的部屬楊衡，是弘農人。他們將船停靠在岸邊，住在靠近江邊的一所寺院裡，夜裡看著一輪皓月懸掛在縹緲的江面上，就聊起了一些神奇怪異的傳說。

楊衡告訴李公佐說：「永泰年間，李湯任楚州刺史。那時有位漁人在龜山下釣魚，不料魚鉤被東西鉤住了，拉不上來，這漁人深諳水性，迅速潛入五十丈深的水中，發現了一條大鐵鎖鏈，盤繞在山腳下，卻找不到起點。漁人上岸後向李湯稟告，李湯命令這漁人和幾十個精於水性的人一起打撈大鎖鏈，但大鎖鏈根本絲毫不動，直到再加上五十多頭牛一起拖拉，鎖鏈才終於漸漸移動，慢慢的被拖上岸來。當時，原本風平浪靜，卻突然間興起狂濤巨浪，圍觀的人都萬分驚恐。只見大鐵鎖鏈的末端居然鎖著一頭長得像猿猴的怪獸，頭上有長長的白毛、雪亮的牙齒、金色的爪子，衝衝撞撞地上了岸。這怪獸約莫五丈高，蹲踞的樣子像猿猴，只是兩隻眼睛睜不開，呆呆的像昏睡一般；怪獸的眼睛、鼻子，還像泉水般流著腥穢的涎沫，氣味逼人，十分難聞。又過了好一會兒，怪獸打著哈欠，伸展身體，雙眼忽然睜開，那目光像閃電般耀眼。怪獸望了望人群，眼見似乎要發怒了，圍觀的人群沒命的奔跑躲逃。那獸卻轉過身去，慢慢地將鐵鎖鏈帶著牛群一起拽到水裡去，不再出來。當時楚州許多知名人士和李湯在場，大夥兒一起看得目瞪口呆，嚇得不停顫抖，也不清楚是怎麼回事。在場的漁人都知道鎖怪獸的所在，只是那怪獸後來再也沒有出現過了。」

元和八年冬天，公佐從常州出發，前往朱方（今江蘇鎮江），為了餞別給事中孟簡。當時廉訪使薛公苹設館款待，禮儀周到。扶風人馬植、范陽人盧簡能、河東人裴蘧也都住在同一個館舍裡，大家圍著火爐，整夜談話不休。公佐又提起從前的事，內容與楊衡說的一樣。到了元和九年的春天，李公佐在東吳一帶地方訪古參觀，有一次和太守元公錫遊覽太湖，登上包山，住在道人周焦君的屋子裡。他們一行人進山洞探求仙書，結果在石穴中得到〈古嶽瀆經〉第八卷。這經書文字古怪，穿經書的繩子都已被蠹蟲毀壞，以致篇次散亂難以解讀。後來公佐和焦君一起詳細推敲，書上說：「大禹治水時，三次到過桐柏山。所到之處，無不狂風大作，雷鳴電閃，山石樹木發出呼呼叫聲。原來是五位河神不服治理，故意興風作浪，天老領兵幫助大禹，但也無法順利動工。大禹發怒，召集眾多神靈，命令夔、龍協助作戰。桐柏千君長叩見大禹，表示願意領命效力。大戰之後，大禹因禁了鴻蒙氏、章商氏、兜盧氏、犁婁氏幾位怪神，並捉住了淮水、渦水的水神無支祁。這無支祁精通人言，善於應對，熟悉江、淮水域各處深淺及地形變化。無支祁的長相似猿猴，塌鼻子、高額頭、黑身軀、白腦袋，還有金光閃閃的雙目和雪亮的利齒，脖子可伸長到百多尺，力氣超過九頭大象，無論是搏擊、跳躍、奔跑都迅速俐落，只是聽力和視力不能耐久。大禹將牠交給章律，章律制伏不了牠，交給鳥木由，還是制伏不了牠，最後交給庚辰，庚辰才將牠制伏。當時，牠勾結聚集鴟脾桓、木魅、水靈、山妖、石怪等妖怪騷擾嚎叫，為害長達幾千年之久。庚辰將牠們一一打敗驅逐，將無支祁的脖頸鎖上大鐵鎖，鼻子間穿上金鈴，移到淮陽的龜山腳下，鎮治淮水，使淮水安流入海。以後的人，都畫上庚辰伏怪的圖片張貼起來，避免淮水的狂風暴雨造成災難。」

◆貞元丁丑歲，隴西李公佐泛瀟湘蒼梧。偶遇征南從事弘農楊衡，泊舟古岸，淹留佛寺，江空月浮，徵異話奇。楊告公佐云：「永泰中，李湯任楚州刺史時，有漁人，夜釣於龜山之下。其釣因物所制，不復出。漁者健水，疾沉於下五十丈，見大鐵鎖，盤繞山足，尋不知極，遂告湯。湯命漁人及能水者數十，獲其鎖，力莫能制，加以牛五十餘頭，鎖乃振動，稍稍就岸。時無風濤，驚浪翻湧。觀者大駭。鎖之末見一獸，狀有如猿，白首長鬐，雪牙金爪，闖然上岸。高五丈許，蹲踞之狀若猿猴，但兩目不能開，兀若昏昧；目鼻水流如泉，涎沫腥穢，人不可近。久，乃引頸伸欠，雙目忽開，光彩若電。顧視人焉，欲發狂怒，觀者奔走。獸亦徐徐引鎖拽牛，入水去，竟不復出。時楚多知名士。與湯相顧愕慄，不知其由爾。乃漁者時知鎖所，其獸竟不復見。」

公佐至元和八年冬，自常州餞送給事中孟簡至朱方，廉使薛公蘋館待禮備。時扶風馬植，范陽盧簡能，河東裴蘧，皆同館之，環爐會語終夕焉。公佐復說前事，如楊所言。至九年春，公佐訪古東吳，從太守元公錫泛洞庭，登包山，宿道者周焦君廬。入靈洞，探仙書。石穴間得〈古嶽瀆經〉第八卷，文字古奇，編次蠹毀，不能解。公佐與焦君共詳讀之：「禹理水，三至桐柏山，驚風走雷，石號木鳴。五伯擁川，天老肅兵，不能興。禹怒，召集百靈，搜命夔龍。桐柏千君長稽首請命。禹因囚鴻蒙氏，章商氏，兜盧氏，犁婁氏。乃獲淮渦水神，名無支祁，善應對言語，辨江淮之淺深，原隰之遠近。形若猿猴，縮鼻高額，青軀白首，金目雪牙。頸伸百尺，力逾九象，搏擊騰踔疾奔，輕利倏忽，聞視不可久。禹授之章律，不能制；授之烏木由，不能制；授之庚辰，能制。鵾脾桓木魅水靈山襖石怪，奔號聚繞，以數千載。庚辰以戰逐去。頸鎖大索，鼻穿金鈴，徙淮陰之龜山之足下。俾淮水永安流注海也。庚辰之後，皆圖此形者，免淮濤風雨之難。」

關於〈古嶽瀆經〉

作者李公佐，生卒年不詳，唐代傳奇的重要作家，有四篇作品傳世，除本篇外，尚有〈南柯太守傳〉、〈謝小娥傳〉、〈廬江馮媼傳〉。魯迅在《中國小說史略》裡認為大禹收服水怪無支祁的故事，影響了明代吳承恩《西遊記》中所寫的孫悟空形象。

動物精辨酒宴

出自：《宣室志》

吳郡的張鋌是成都人，唐玄宗開元年間，擔任盧溪尉時被免除官職，只能等候吏部是否有新的派任，但等了好一段時間，一直得不到主管機關給予遞補官職的機會，於是決定返回四川家鄉。他路過巴西郡的時候，眼看太陽快下山了，正打算快馬加鞭趕路，忽然有一個人從道路左邊的山路中走了出來，向張鋌行禮說：「我們家主人知道您今晚還沒有休息的處所，想邀請您到府上作客，命令我在這裡等候您，希望您能跟我一起回去。」張鋌於是問那個人說：「你家主人是誰？難不成是太守要召見我嗎？」那人回答：「不是喔，我家主人是巴西侯。」

張鋌於是跟著那個人一起前往，進了山徑約走一百多步路，看見一棟大豪宅，朱紅色的大門非常高大雄偉，進出的僕役很多，四周有全副武裝的衛兵駐守，這樣的排場連一般的侯伯之家也無法相比。進門又走了幾十步路，才走到舉辦宴會的大廳。使者讓張鋌停在門口，說：「在下先進去向主人報告，請您先在此處等候。」他進去了一陣子之後才又再出來，向張鋋說：「客人可以進去了。」張鋋於是進入大聽，看見一個人站在廳堂上，身穿黃褐色的皮裘，容貌極為奇特，侍女們身穿絲羅衣服、戴著寶珠翠玉，簇擁在左右服侍。張鋋立即向前行禮，行完禮之後，那人帶著張鋋登上臺階，告訴他說：「我是巴西侯，已經住在這裡幾十年了。剛好知道先生已經天黑了還沒有休息的處所，所以特地設宴相邀，希望先生能留下來盡情歡飲。」張鋋於是又行禮道謝。

不久，巴西侯命人擺設酒席，所有的擺設、器具都是珍貴華麗的高級物品。又命令左右前去邀請六雄將軍、白額侯、滄浪君一起來參加酒宴，還邀了五豹將軍、鉅鹿侯、玄丘校尉等貴賓，並傳話說：「今天侯府有貴客臨門，希望能邀大家一起共襄盛宴，盡情歡樂暢飲，所以命使者來恭請大駕。」使者領了命令離去。過了許久，賓客才陸續抵達，巴西侯一一起身行禮迎接。過了很久，先來了六個人，都是穿著黑衣，身材壯碩雄偉，稱為「六雄將軍」；接著又來一個人，身穿華麗高貴的衣服，頭戴白色的帽子，相貌凶惡猙獰，叫做「白額侯」；又一個人穿著青色衣服，長得魁梧高大，叫做「滄浪君」；再一個人披著虎豹斑點的大衣，身形像白額侯但又比較小一點，叫做「五豹將軍」；還有一個人穿著褐色衣服，頭上有三支角，叫做「鉅鹿侯」；最後一個人穿著黑衣，有點像滄浪君，叫做「玄丘校尉」，主客相互行禮完畢，然後邀請大家入座。巴西侯面向南邊而坐，張鋋面向北邊，六雄將軍、白額侯、滄浪君坐在東邊，五豹將軍、鉅鹿侯、玄丘校尉坐在西邊。等到大家都坐定了以後，開始行酒歡飲，巴西侯命人演奏音樂，還有十數個美人在旁陪侍，有唱歌的也有跳舞的，加上絲竹管絃等音樂齊鳴，極盡奢華，精彩無與倫比。

白額侯喝得醉醺醺的，轉頭跟張鋋說：「我今天晚上還希望再吃點東西，你幫我飽食一頓嗎？」張鋋問：「不知道君侯還想吃些什麼，可以跟我說。」白額侯說：「你的身體就可以餵飽我的肚子，哪裡還需要其他的野味呢？」張鋋很害怕，惶恐不安地向後退。巴西侯說：「沒有人這樣的，怎麼能在我的宴會上，驚嚇我的貴賓呢！」白額侯笑說：「我只是開玩笑的，怎麼可能真的這樣做？一定不會這樣的，不用擔心。」過了一陣子，有人通報說洞玄先生在門外，希望能入內拜見巴西侯，有事要稟告。說完，進來一個身披黑衣，脖子很長而身體很寬的人，那人向巴西侯行禮，巴西侯也禮貌地回禮，請他就坐，並且問他：「請問你來這裡有什麼事嗎？」那人說：「我擅長算命占卜，知道君侯將會面臨很大的危機，所以特地前來警告您。」巴西侯說：「你所擔憂的危機是什麼？」那人回答：「這個宴會上有人要對您不利，如果現在不先把他除掉，將來必定會對您造成傷害，希望您仔細考慮，千萬不要輕忽大意。」巴西侯大怒說：「在座的都是我的好朋友，宴會正歡樂融洽，哪有什麼奇怪的地方？分明是你在挑撥離間！」於是命令人把洞玄先生處死。洞玄先生大叫：「聽我的話，大家都能平安無事；不聽我的話，那麼我死了以後，沒多久就換你死了。到時候該怎麼辦？就算將來後悔，恐怕也來不及了。」巴西侯不予理會，叫人把他給殺了，屍體就扔在廳堂外。

到了半夜，所有人都喝得爛醉，直接躺臥在座席上，張鋋也跟著睡著了，一直到快天亮的時候，才突然驚醒過來，發現自己躺在一個大石室裡，石室架設了錦繡帷幕，兩旁羅列著珍珠象角。有一隻身形像人一樣的巨猿，醉倒在地上，原來就是所謂的巴西侯；又看見六隻巨熊倒臥在前面，原來是所謂的六雄將軍；還有一頭老虎，頭頂有一大白毛，也倒臥在前方，就是所謂的白額侯；又有一匹狼，就是所謂的滄浪君；還有一頭花豹，就是所謂的五豹將軍；又有一隻巨鹿、一隻狐狸，也都躺臥在前方，原來就是所謂的鉅鹿侯和玄丘校尉，全部都醉到昏迷似的不省人事；另有一隻大龜，外形看起來很奇特，死在石室外面，原來就是巴西侯所殺的洞玄先生。

張鋋看了以後，非常驚訝，立即逃出石室，下山回到村子裡，四處奔走呼告村子裡的人，召集了一百多個村民，大家帶著弓箭武器上山，包圍石室，這時候那隻巨猿才受到驚嚇站起來，自言自語說：「都是當時不聽洞玄先生說的話，今天果然如他所說的大禍臨頭了。」村民於是把石室裡的動物精怪全部殺死，從石室中所獲得的器物，都是稀世珍寶。

張鋋把這件事詳細向太守稟告。原來先前有人帶著珍珠、絲帛偶然路過此地的，都會無緣無故失蹤，時間長達一年多了。經過這件事之後，再也沒有發生過失蹤事件了。

◈吳郡張鋋，成都人，開元中，以盧溪尉罷秩。調選，不得補於有司，遂歸蜀。行次巴西，會日暮，方促馬前去，忽有一人自道左山徑中出，拜而請曰：「吾君聞客暮無所止，將欲奉邀，命以請，願隨某去。」鋋因問曰：「爾君為誰，豈非太守見召乎？」曰：「非也，乃巴西侯爾。」

鋋即隨之，入山徑行約百步，望見朱門甚高，人物甚多，甲士環衛，雖侯伯家不如也。又數十步，乃至其所。使者止鋋於門曰：「願先以白吾君，客當伺焉。」入久之而出，乃引鋋曰：「客且入矣。」鋋既入，見一人立於堂上，衣褐革之裘，貌極異，綺羅珠翠擁侍左右。鋋趨而拜，既拜，其人揖鋋升階，謂鋋曰：「吾乃巴西侯也，居此數十年矣。適知君暮無所止，故輒奉邀，幸少留以盡歡。」鋋又拜以謝。

已而命開筵置酒，其所玩用皆華麗珍具。又令左右邀六雄將軍、白額侯、滄浪君，又邀五豹將軍、鉅鹿侯、玄丘校尉。且傳教曰：「今日貴客來，願得盡歡宴，故命奉請。」使者唯而去。久之乃至，前有六人皆黑衣，贔然其狀，曰「六雄將軍」。巴西侯起而拜，六雄將軍亦拜。又一人衣錦衣，戴白冠，貌甚獰，曰「白額侯」也。又起而拜，白額侯亦拜。又一人衣蒼，其質魁岸，曰「滄浪君」也。巴西侯又拜，滄浪亦拜。又一人被斑文衣，似白額侯而稍小，曰「五豹將軍」也。巴西又拜，五豹將軍亦拜。又一人衣褐衣，首有三角，曰「鉅鹿侯」也。巴西揖之。又一人衣黑，狀類滄浪君，曰「玄丘校尉」也。巴西侯亦揖之。然後延坐。巴西南向坐，鋋北向，六雄、白額、滄浪處於東，五豹、鉅鹿、玄丘處於西。既坐，行酒命樂，又美人十數，歌者舞者，絲竹既發，窮極其妙。

白額侯酒酣，顧謂鋋曰：「吾今夜尚食，君能為我致一飽耶！」鋋曰：「未卜君侯所以尚者，願教之。」白額侯曰：「君之軀可以飽我腹，亦何責他味乎？」鋋懼，悚然而退。巴西侯曰：「無此理，奈何宴席之上，有忤貴客耶！」白額侯笑曰：「吾之言乃戲爾，安有如是哉！固不然也。」久之，有告洞玄先生在門，願謁白事。言訖，有一人被黑衣，頸長而身甚廣。其人拜，巴西侯揖之。與坐，且問曰：「何為而來乎？」對曰：「某善卜者也，知君將有甚憂，故輒奉白。」巴西侯曰：「所憂者何也？」曰：「席上人將有圖君者，今不除，後必為害。願君詳之。」巴西侯怒曰：「吾歡宴方洽，何處有怪焉？」命殺之。其人曰：「用吾言，皆得安。不用吾言，則吾死，君亦死。將若之何，雖有後悔，其可追乎？」巴西侯遂殺卜者，置於堂下。

時夜將半，眾盡醉而皆臥於榻，鋋亦假寐焉。天將曉，忽悸而寤，見己身臥於大石龕中。其中設繡帷，旁列珠璣犀象。有一巨猿狀如人，醉臥於地，蓋所謂巴西侯也；又見巨熊臥於前者，蓋所謂六雄將軍也；又一虎頂白，亦臥於前，所謂白額侯也；又一狼，所謂滄浪君也；又有文豹，所謂五豹將軍也；又一巨鹿，一狐，皆臥於前，蓋所謂鉅鹿侯、玄丘校尉也。而皆冥然若醉狀。又一龜，形甚異，死於龕前，乃向所殺洞玄先生也。

鋋既見，大驚，即出山徑，馳告里中人。里人相集得百數，遂執弓挾矢入山中。至其處，其後猿忽驚而起，且曰：「不聽洞玄先生言，今日果如是矣。」遂圍其龕，盡殺之。其所陳器玩，莫非珍麗。乃具事以告太守。先是人有持真珠繒帛，途至此者，俱無何而失，且有年矣。自後絕其患也。

關於《宣室志》

作者是唐代的張讀（833~889），共十卷的筆記小說。宣室是漢代未央宮之偏殿，據說漢文帝曾在宣室召見賈誼，向他詢問鬼神之事。這本書取名為《宣室志》，意指書中收錄的大多是鬼神、志怪的故事。

孫恪與袁氏

出自：《傳奇》

唐代廣德年間時，有個叫孫恪的秀才，因為沒有考取科舉，於是在洛陽一帶遊歷。有一次，他信步走到魏王池邊，見到一個很大的庭院，牆院與樓房的顏色看起來很新。有路人指著說：「這是袁氏的家院。」孫恪走上前去敲門，無人答應。孫恪見正房旁有間小房，門簾很乾淨，看起來像是接待客人的地方，就掀了簾子進去。

過了許久，才聽到開門的聲音，一個女子走了出來，她容光照人，豔麗奪目，像沐浴在月光下的珍珠，閃耀熠熠光輝，像翠綠柔嫩的新柳，也像芳香的蘭花，神靈那般聖潔，晶瑩得像玉一般，毫無一點塵俗氣息。孫恪猜想這是房主的女兒，只敢躲在簾後偷看。女子摘取庭院裡的萱草，沉思良久，吟詩說：「彼見是忘憂，此看同腐草。青山與白雲，方展我懷抱。」吟完詩後，只見她神色慘然，走過來掀開簾子，忽然發現孫恪躲在後面，大吃一驚，紅著臉就跑回正房去了。不一會兒，有個婢女前來詢問孫恪：「請問您是什麼人？怎麼這傍晚時候還在這庭院裡？」孫恪說明自己是想租房過夜的旅客，又說：「沒想到冒昧撞見妳家小姐，我為自己的魯莽無禮感到十分羞愧，請代我向小姐轉達歉意。」婢女將這番話稟告小姐。小姐又傳話來說：「我又醜又笨，也沒有收拾打扮，先生在簾子後面一定看了很久，我這醜樣子都被看透了，哪裡還敢迴避先生。請先生在廳裡稍候一會兒，我草草化一下妝就出來。」孫恪愛慕她的容貌美麗，聽了高興得不得了，就問婢女：「小姐是誰家的女兒？」婢女回答說：「是已故袁長官的女兒，小時候就成了孤兒，也沒什麼親戚，只和三、五個像我這樣的婢女，住在這座院子裡。小姐至今尚未許配給人，還待字閨中哩。」

過了很久，袁小姐出來見孫恪，比剛才見到的模樣更加漂亮動人了。袁小姐邊喚侍女給客人端茶進果，邊對孫恪說：「既然先生沒有住處，可以將行李帶過來住在寒舍院裡。」又指著婢女對孫恪說：「如果有什麼需求，您吩咐她就行了。」孫恪慚愧得連聲道謝，表示接受這片好意。

孫恪還未娶妻，又見小姐如此美貌，於是請託媒人來求親。袁小姐也欣然接受，於是孫恪就與她成了親。袁氏很富有，擁有很多錢財和布帛。而孫恪向來貧困，忽然間他的車馬煥然一新，服裝打扮和平時的消遣玩樂也變得奢華昂貴，親友們都十分驚訝，紛紛跟他打聽是怎麼回事，但孫恪從不據實相告。

孫恪經濟無虞之後，開始漸漸鄙夷功名，不再想參加科舉考試求取功名，終日只與豪門貴族往來交遊，縱酒狂歌。就這樣過了三、四年的時間，孫恪都沒離開過洛陽。

一天，孫恪偶然遇到了表兄張閒雲處士。孫恪對表兄說：「好久不見了，真希望能和您從容的敘敘舊。您帶著被褥來吧，我倆聊個通宵！」張閒雲依約來了。夜深時，張閒雲握住孫恪的手，悄聲問他：「愚兄我曾在道教門下學過一些，剛才言談中觀察弟弟的神色，渾身妖氣，不知道弟弟是不是遇到了什麼？希望不管事情大小，都能一一說給我聽。不然的話，恐怕災禍臨頭啊！」孫恪仍然否認，只說：「沒遇到過什麼。」張閒雲又說：「人哪，出生後就有屬陽的精神；鬼怪呢，卻只有屬陰的氣息。若是屬陽的魂占上風，屬陰的魄居下風的話，這個人就能長壽；反之，屬陰的魄若是占上風，而屬陽的魂離體不歸，這個人大限就到了。所以呀，沒有形體的鬼怪全部屬陰，沒有形體的仙人則完全屬陽。天地間，陰與陽的盛衰變化，魂與魄的此消彼長，在人的身上只要稍微有一點失衡，都會顯現在人的氣色上。我來到這裡後，就觀察弟弟的神色，發現你陰侵陽位，邪干正腑，真精耗損，失聰少神，精津玉液不斷外洩，命根在飄搖不定，骨頭已快成渣滓，面色也無半點紅潤，這顯然是有妖怪在吸耗你的生命精氣啊，為什麼還苦苦隱瞞，不肯說出實情呢？」孫恪這才猛然頓悟，敘說起他娶袁氏為妻之事。

張閒雲大為驚駭，說：「就是這個原因導致的！但現在該拿她怎麼辦呢？」孫恪說：「我猜想她沒有什麼不正常的地方啊。」張閒雲說：「袁氏一家人普天之下沒有半個親戚，這非常不合理！你又說她聰明有才幹，這就顯得很不正常了啊。」

於是孫恪請教張閒雲：「我素來貧困，在飢寒中過了這麼多年，只因娶了她，環境才好起來。我又不願違背道義，這該怎麼辦才好呢？」張閒雲生氣的回答：「大丈夫不效力於人類，難道要效忠於鬼怪嗎？古書上說：『妖由人興，人無過失，妖不自作。』況且道義與你的生命相比，哪個比較要緊？你已經命在旦夕了，還考慮什麼鬼怪的恩義，即使只有三尺高的小孩也會覺得不可如此，虧你還是個大男人！」張閒雲又說：「我有一柄寶劍，和古代干將那樣的名劍不相上下，不管什麼樣的妖魔鬼怪，都有辦法消滅，屢試不爽，已說不清它滅了多少妖鬼了。明天我拿來借給你，只要你帶寶劍到睡房裡，肯定能見到她原形畢露的狼狽模樣，就好像從前王度帶著寶鏡照出婢女是隻老狸那樣厲害。如果你不這樣做的話，就無法與她斷絕關係。」

第二天，孫恪接了寶劍。張閒雲告辭離去前，握著孫恪的手再三囑咐：「千萬要好好把握時機。」孫恪把劍帶進內室藏好，但臉上顯得十分不自然，袁氏馬上就發覺了，很生氣的斥責孫恪說：「你忘了原本窮苦潦倒的日子了嗎！是我讓你舒泰富足，而你竟不顧恩義就想下毒手，這樣的黑心肝，連豬狗畜牲都不願吃你的渣，怎麼還能在人世上樹立節操品德！」孫恪挨了罵，慚愧得滿面通紅，心中非常畏懼，磕著頭說：「是表兄教我這麼做的，這不是我的本心，我願意喝血酒發誓，再不敢有任何一點對妳不忠的念頭！」他一邊說一邊冷汗淋漓，伏倒在地。袁氏在房裡找到那柄寶劍，用手一寸一寸的折，就像折斷嫩藕一樣容易。孫恪更加恐懼，忍不住想要爬起來逃走。袁氏這時才露出一點笑意說：「張閒雲這傢伙，不用道義教育自己的表弟，還教唆表弟殺人行凶，他要是再來，我一定給他難看。不過看你的本性，應該不是這樣的人。況且我跟著你也好幾年了，你還不能信任我嗎？」孫恪這才安心了一點。

幾天以後，孫恪外出碰上張閒雲，說：「你叫我去捋虎鬚，差點害我落入虎口出不來了！」張閒雲問劍到哪裡去了，孫恪據實相告。張閒雲大吃一驚說：「那這就不是我能對付的怪物了！」從此深懷恐懼，不敢再來袁氏宅院。

十幾年後，袁氏生育了兩個兒子，她治家嚴謹，不喜歡外人打擾。後來孫恪到長安，拜見了擔任相國的老友王縉，王縉將孫恪推荐給南康的張萬頃大夫，孫恪被任命為經略判官，於是孫恪便帶著家人赴任。途中袁氏只要看到青松和高山，就會凝視許久，神情變得很不快樂。到端州時，袁氏說：「離這裡五里處，江邊有個峽山寺，我家裡過去供養的惠幽和尚，就住在這座寺廟裡，分別已經幾十年了。惠幽和尚的道行和年紀都很高，能夠不被形骸所牽累，滌盡了塵世間的污濁。如果經過他那兒時能夠準備齋食供奉，也可以替這次南行添一些福氣。」孫恪答應了，於是準備妥了齋米蔬菜。

到達峽山寺時，袁氏顯得很開心，換了衣服也理了妝，帶著兩個兒子造訪老僧的內院，像是對路徑十分熟悉，孫恪對此感到有些疑惑。袁氏將她一個碧玉環獻給老和尚，說：「這是您寺院裡的舊物。」老和尚也不明白是怎麼回事。等到大家吃完齋飯，有幾十隻野生的猿猴，挽臂連膀的從高高的松樹上跳下來，吃桌上的齋食。後來猿猴們發出悲嘯，攀著樹藤盪著鞦韆離去了。袁氏很傷感，提筆就在寺院的牆壁上題詩：「剛被恩情役此心，無端變化幾湮沉。不如逐伴歸山去，長嘯一聲煙霧深。」寫完擲筆在地，撫摸著兩個孩子，抽泣了幾聲，對孫恪說：「好好保重，我要與你們永別了！」突然撕開衣服變成一隻老猿，往樹上騰跳，追上長嘯遠去的猿群，快進深山時又再回頭看了一看。

孫恪嚇得魂飛魄散，過了很久，才抱著兩個孩子一起慟哭。他詢問老和尚，老和尚才醒悟過來說：「這隻猿是貧僧還在做小沙彌的時候養的。開元年間，天子的使者高力士經過此地，喜歡牠的聰明機靈，用一捆布和我換了去。聽說被帶到了東都洛陽，獻給天子。這寺廟常有朝廷使者路過，看過牠的，都說牠比人還聰明，平時被馴養在上陽宮裡。但安史之亂發生後，就不知牠到哪兒去了。唉，沒料到今天看到了這麼奇異的事！這個碧玉環，是一個訶陵國的人送的，那時套在牠的頸上一起被帶走的。我現在才明白啊。」

於是孫恪難過惆悵不已，停船等待了六、七天，才帶兩個孩子掉轉船頭往回走，悲傷得無法上任當官了。

◈廣德中。有孫恪秀才者，因下第，遊於洛中。至魏王池畔，忽有一大第，土木皆新。路人指云：「斯袁氏之第也。」恪逕往叩扉，無有應聲。戶側有小房，簾帷頗潔，謂伺客之所，恪遂褰簾而入。

良久，忽聞啟關者，一女子光容鑒物，艷麗驚人，珠初滌其月華，柳乍含其烟媚，蘭芬靈濯，玉瑩塵清。恪疑主人之處子，但潛窺而已。女摘庭中之萱草，凝思久立，遂吟詩曰：「彼見是忘憂，此看同腐草。青山與白雲，方展我懷抱。」吟諷慘容，後因來褰簾，忽覩恪，遂驚慙入戶。使青衣詰之曰：「子何人，而夕向於此。」恪乃語以稅居之事，曰：「不幸衝突。頗益慙駭。幸望陳達於小娘子。」青衣具以告。女曰：「某之醜拙，況不修容，郎君久盼簾帷，當盡所覩，豈敢更迴避耶？願郎君少佇內廳，當暫飾裝而出。」恪慕其容美，喜不自勝，詰青衣曰：「誰氏之子？」曰：「故袁長官之女，少孤，更無姻戚，唯與妾輩三五人，據此第耳。小娘子見求適人，但未售也。」良久，乃出見恪，美艷愈於向者所覩。命侍婢進茶果曰：「郎君即無第舍。便可還囊於此廳院中。指青衣謂恪曰：「少有所須，但告此輩。」恪愧荷而已。恪未室，又覩女子之妍麗如是。乃進媒而請之，女亦忻然相受，遂納為室。袁氏贍足，巨有金繒。而恪久貧，忽車馬煥若，服翫華麗，頗為親友之疑訝。多來詰恪，恪竟不實對。

恪因驕倨，不求名第，日洽豪貴，縱酒狂歌。如此三四歲，不離洛中。忽遇表兄張閒雲處士。恪謂曰：「既久暌間，頗思從容。願攜衾綢，一來宵話。」張生如其所約。及夜半將寢，張生握恪手，密謂之曰：「愚兄於道門曾有所授，適觀弟詞色，妖氣頗濃，未審別有何所遇。事之巨細，必願見陳。不然者，當受禍耳。」恪曰：「未嘗有所遇也。」張生又曰：「夫人稟陽精，妖受陰氣，魂掩魄盡，人則長生；魄掩魂消，人則立死。故鬼怪無形而全陰也，仙人無影而全陽也。陰陽之盛衰，魂魄之交戰，在體而微有失位，莫不表白於氣色。向觀弟神采，陰奪陽位，邪干正腑，真精已耗，識用漸隳，津液傾輸，根蒂蕩動，骨將化土，顏非渥丹，必為怪異所鑠，何堅隱而不剖其由也。」恪方驚悟，遂陳娶納之因。

張生大駭曰：「只此是也，其奈之何？」恪曰：「弟忖度之，有何異焉。」張曰：「豈有袁氏海內無瓜葛之親哉？又辨慧多能，足為可異矣。」

遂告張曰：「某一生邅迍，久處凍餒，因滋婚娶，頗似蘇息，不能負義，何以為計？

張生怒曰：「大丈夫未能事人，焉能事鬼？傳云：『妖由人興。人無釁焉，妖不自作。』且義與身孰親？身受其災，而顧其鬼怪之恩義，三尺童子，尚以為不可，何況大丈夫乎。」張又曰：「吾有寶劍，亦干將之儔亞也。凡有魍魎，見者滅沒，前後神驗，不可備數。詰朝奉借，倘攜密室，必覩其狼狽，不下昔日王君攜寶鏡而照鸚鵡也。不然者，則不斷恩愛耳。」

明日，恪遂受劍。張生告去，執手曰：「善伺其便。」恪遂攜劍，隱於室內，而終有難色。袁氏俄覺，大怒而責恪曰：「子之窮愁，我使暢泰。不顧恩義，遂興非為，如此用心，則犬彘不食其餘，豈能立節行於人世也。」恪既被責，慚顏惕慮，叩頭曰：「受教於表兄，非宿心也，願以飲血為盟，更不敢有他意。」汗落伏地。袁氏遂搜得其劍，寸折之，若斷輕藕耳。恪愈懼，似欲奔迸。袁氏乃笑曰：「張生一小子，不能以道義誨其表弟，使行其凶險，來當辱之。然觀子之心，的應不如是。然吾匹君已數歲也，子何慮哉？」恪方稍安。

後數日，因出遇張生，曰：「無何使我撩虎鬚，幾不脫虎口耳。」張生問劍之所在，具以實對。張生大駭曰：「非吾所知也。」深懼而不敢來謁。

後十餘年。袁氏已鞠育二子，治家甚嚴，不喜參雜。後恪之長安，謁舊友人王相國縉，遂薦於南康張萬頃大夫，為經略判官，挈家而往。袁氏每遇青松高山，凝睇久之，若有不快意。到端州，袁氏曰：「去此半程，江壖有峽山寺，我家舊有門徒僧惠幽，居於此寺，別來數十年。僧行夏臘極高，能別形骸，善出塵垢。倘經彼設食，頗益南行之福。」恪曰：「然。」遂具齋蔬之類。

及抵寺，袁氏欣然，易服理粧，携二子，詣老僧院，若熟其逕者，恪頗異之。遂將碧玉環子以獻僧曰：「此是院中舊物。」僧亦不曉。及齋罷，有野猿數十，連臂下於高松，而食於生臺上，後悲嘯捫蘿而躍。袁氏惻然，俄命筆題僧壁曰：「剛被恩情役此心，無端變化幾湮沉。不如逐伴歸山去，長嘯一聲烟霧深。」乃擲筆於地，撫二子咽泣數聲，語恪曰：「好住好住，吾當永訣矣。」遂裂衣化為老猿，追嘯者躍樹而去，將抵深山而復返視。

恪乃驚懼，若魂飛神喪，良久，撫二子一慟。乃詢於老僧，僧方悟：「此猿是貧道為沙彌時所養。開元中，有天使高力士經過此，憐其慧黠，以束帛而易之。聞抵洛京，獻於天子。時有天使來往，多說其慧黠過人，長馴擾於上陽宮內。及安史之亂，即不知所之。於戲！不期今日更覩其怪異耳。碧玉環者，本訶陵胡人所施，當時亦隨猿頸而往。今方悟矣。」

恪遂惆悵，艤舟六七日，攜二子而迴棹，不復能之任也。

關於《傳奇》

作者裴鉶，生卒年不詳，原書已佚，收於《太平廣記》中。宋人稱唐人小說為「傳奇」，即始於此。本書對後世創作影響很大，宋元以後的戲劇、話本、擬話本小說，皆取材於此，其中名篇有〈聶隱娘〉、〈崑崙奴〉等小說，可參見系列作《故事雲中國傳奇》。

真假丈夫

出自：《庚巳編》

明孝宗弘治年間，兗州的魚臺縣有一戶人家，養了一隻非常溫馴聽話的白狗，只要主人出門，白狗都會跟著一起去。有一天，主人要到遠方做生意，等到主人離家以後，白狗也跟著不見了。過了兩、三天以後，主人突然回來了，妻子問他原因，他回答說：「我在半路上遇到強盜，所有的財物都被搶光了，還好幸運撿回一條命，就趕快逃回來了。」妻子聽了以後絲毫沒有懷疑。

就這樣過了一年，真正的丈夫回家了，發現兩個人的外表、身形一模一樣，無法分辨兩人的差別。兩個人都說自己才是真的，妻子及鄰居都不能區分誰是真的誰是假的，於是向縣令稟告。縣令把兩人都捉過來，但也無可奈何，不能分辨真假，只好先把兩個人都關在監牢裡。

縣裡有一個小卒知道這件奇事以後，回家告訴自己的妻子，妻子說：「其實這件事不難分辨，我猜先回來的那個人大概是犬精變的。如果要驗證的話，只要看那個妻子的胸部，在雙乳間如果有爪子抓傷的血痕就是了。因為狗跟人交合的時候，常會用爪子按住她的胸部，所以會留下爪痕。」

第二天，小卒就把這些話告訴縣令。縣令於是召那個人的妻子來問：「你們家有養狗嗎？」妻子回答：「原本有一隻白狗，之前跟著我丈夫出門了，後來就沒再回來過。」縣令要求她脫下衣服來檢查，發現她的胸部有許多細細的血痕，縣令知道一定是妖怪在作祟，暗中派人用雞血潑灑那個假丈夫，果然現出狗的樣子，於是下令立即把狗撲殺。縣令又把那個小卒找來說：「你的方法真的太棒了，我順利破解了此案，只是我有個疑問，你是如何知道狗的習性的？」小卒回答說：「其實是我的妻子教我的。」縣令於是嚴肅地跟他說：「你的妻子如果不是自己有跟狗私通的經驗，怎麼會知道這種事？你回家以後一定要仔細調查清楚。」小卒回到家裡，暗中查看妻子的胸部，發現也有相同血痕，而且還比那個婦人多，於是把縣令說的話向她求證。妻子只好說出實話，才知妻子也跟一隻狗私通。妻子覺得很慚愧，於是上吊自殺了。

我的同鄉有個陳都御史，當時正好在縣城任職，所以知道這件事，我是從他那裡得知這個故事的。

◈弘治中，兗之魚台縣有民家畜一白犬甚馴，其主出行，犬常隨之。他日，主商於遠方，既去，犬亦不見。經兩三日，主輒歸，妻問其故，曰：「途中遇盜，財物都盡，幸逃得性命耳。」妻了不疑。

周旋閱歲，其真夫歸，形狀悉同，不可辨。兩人各自爭真偽，妻及鄰里不能明，乃白於縣。縣令逮兩人至，亦無如之何，皆置之獄。

縣一小卒聞其事，以語其妻，妻曰：「是不難辯，先歸者殆犬精也。欲驗之，當視其婦胸乳間，有爪傷血紋即是矣。蓋犬與人交，常自後以爪按其胸故也。」

卒以白令。令召其婦問：「爾家嘗有犬乎？」曰：「有白犬，前隨夫出矣。」裸而視其胸，有血紋甚多，令知為怪，密使人以血灑其偽夫，即成犬形，立撲殺之。令從容問卒：「汝計善矣，何從得之？」謝曰：「吾妻所教也。」令諭之曰：「汝妻不與犬通，何緣知此？汝歸第密察之。」卒歸，看妻亦有紋，比此婦尤多，以令語責之。妻窮吐實，乃知亦與一犬通故也。妻慚，自縊死。

吾鄉陳都御史，時奉使彼中，得其案牘。

關於《庚巳編》

作者是陸粲（1494～1553）。此書是明代志怪小說集，內容記載明代的奇聞異事、因果報應等故事，包括各種社會新聞、祥瑞災變、刑獄案件、各地風俗等。

用美色吃人的白蛇精

出自：《博異志》

唐憲宗元和二年，隴西有個人叫做李黃，是鹽鐵使李遜的姪子。因為還在等候官員調任選派的命令，趁著空閒沒事，就到長安的東市逛街，無意間，看見一輛由小牛拉著的車子，有幾個侍女在車子裡買東西。李黃往車子裡偷看，看見一個身穿白色衣服的女子，姿態柔美秀麗，可以說是絕代的美女。李黃鼓起勇氣上前詢問，侍女說：「娘子正在守寡，本來是袁家的女兒，之前嫁到李家，如今身上就是李家的喪服。因為服喪期滿，正要換下喪服，所以來到市場採買。」李黃又再詢問娘子會不會再嫁其他人，侍人笑著說：「這我就不知道了。」李黃於是拿出錢財來，買了各種花紋精美、色彩鮮豔的絲織品送給那個娘子，身旁的侍女就來傳話說：「這些東西就暫時當做跟公子借錢買的，請公子跟我們到莊嚴寺左側的住宅，我再把錢歸還，絕對不拖欠。」李黃聽了很高興。

當時天色已經漸漸暗了，李黃於是跟在牛車後面走，一直快到深夜才到宅院，牛車從中門進去，白衣娘子一下車，侍女們就用帷布擁簇著她進到屋子裡。李黃下馬等候，不久看到一個僕人帶著榻椅出來，說：「公子暫時先坐一下。」坐下以後，僕人又說：「現在夜已深沉了，公子還急著帶錢回去嗎？不然的話，不知道居住的旅店有沒有在附近？暫時先回旅店居住，等明天一早再來也不算晚。」李黃說：「看樣子你們今天晚上是沒有把錢給我的意思了，但我在附近也沒有旅店可住，只是為什麼你們要把我拒於門外呢？」僕人於是進去回報了，一會又再出來說：「如果附近沒有旅店，要先在這裡住也不是不可以，只是請不要因為房屋簡陋、招待不周嘲笑我們。」又過了片刻，僕人引領李黃進屋，說：「委屈公子了，公子請進。」

李黃整理了一下衣服走了進去，看到一個身穿青色衣服的老婦站在庭院，自我介紹說：「我是白衣娘子的姨娘。」招呼李黃在中庭坐下，不久，白衣娘子才出來，一身光潔的白裙，皎潔的皮膚有如天上的明月，說話的氣質嫻靜優雅，簡直像是天上的仙女，稍微說了一些應酬的問候以後，又灑脫輕快地進去了。姨娘坐著向李黃道謝說：「承蒙您的好意，幫我們買了這些精美的絲綢布料，我們前幾天自己買來的，根本完全不能相比。只是您借我們的錢該怎麼償還？我實在深深感到擔憂及慚愧。」李黃說：「那些彩綢質料粗糙，要給美女做衣服還不夠格，哪裡敢奢望向你們收錢呢？」姨娘說：「我這個外甥女見識淺薄，不配服侍您梳洗，充當您的妻妾，可是我們家中貧困，還有三十千錢的負債。如果公子不嫌棄，那麼願意讓她在您身邊侍奉您。」李黃很高興，立即向姨娘拜謝，答應她的請求。李黃有個貨物交易的據點就在附近，於是派僕人去拿三十千錢來，沒多久就送來了。聽堂西邊的房間，突然應聲而開，房裡酒菜飯食都已經準備好。姨娘於是邀請李黃入內就座，李黃四處張望，發現屋裡的擺設光彩奪目。白衣郎子不久就來了，姨娘叫她坐下，她向姨娘行個禮就坐下了，有六、七個僕人在旁服侍。吃完飯後，又拿出酒，歡暢地對飲。

李黃一住就是三天，每天都和白衣娘子飲酒作樂，非常開心。到了第四天，姨娘說：「李公子先暫時回去吧，恐怕尚書大人會責怪你遲遲沒有回家，反正以後隨時再來往也不是什麼難事。」李黃也正有回家的想法，就應承了姨娘的話，辭別離開。上馬的時候，僕人們覺得李黃身上有股奇怪的腥味。

回到家以後，家人問他去了哪裡，為什麼這麼多天不見蹤影，李黃用其他的話敷衍過去，接著突然覺得全身無力、頭暈腦旋，便叫人準備被子，躺到床上休息。妻子鄭氏在他身旁說：「你調官的事已經確定了，昨天任命拜官，但是一直找不到你。我二哥先替你去拜官報到，已經完成了。」李黃說了些慚愧感謝的話。不久，鄭氏的哥哥來了，責問他這幾天跑去哪裡。李黃漸漸覺得精神恍惚，講話應對開始語無倫次，他對妻子說：「我的身體動不了，無法起來了。」嘴裡一邊說著話，只覺得被子裡的身體好像漸漸消失不見了。家人急忙揭開被子查看，發現身體只剩一灘水而已，只有頭還在。全家非常驚慌害怕，連忙把跟著李黃出門的僕人叫來詢問，僕人詳細地把事情經過說了一遍。家人去尋找那座舊宅院，竟然只剩一片荒廢的庭園。裡面有一棵皁莢樹，樹上掛著十五千的銅錢，樹下也堆著十五千銅錢，除此之外，再也沒有看見其他什麼東西。他們詢問附近的住戶，對方回答說：「常常有條巨大的白蛇在樹下，其餘就沒有別的東西，他們說自己姓袁，大概是用空園當做自己的姓氏吧。」

◆元和二年，隴西李黃，鹽鐵使遜之猶子也。因調選次，乘暇於長安東市，瞥見一犢車，侍婢數人於車中貨易。李潛目車中，因見白衣之姝，綽約有絕代之色。李子求問，侍者曰：「娘子孀居，袁氏之女，前事李家，今身依李之服。方除服。所以市此耳。」又詢可能再從人乎，乃笑曰：「不知。」李子乃出與錢帛，貨諸錦繡，婢輩遂傳言云：「且貸錢買之，請隨到莊嚴寺左側宅中，相還不負。」李子悅。時已晚，遂逐犢車而行，礙夜方至所止。犢車入中門，白衣姝一人下車，侍者以帷擁之而入。李下馬，俄見一使者將榻而出，云：「且坐。」坐畢，侍者云：「今夜郎君豈暇領錢乎？不然，此有主人否？且歸主人，明晨不晚也。」李子曰：「迺今無交錢之志，然此亦無主人，何見隔之甚也。」侍者入，復出曰：「若無主人，此豈不可，但勿以疎漏為誚也。」俄而侍者云：「屈郎君。」

李子整衣而入，見青服老女郎立於庭，相見曰：「白衣之姨也。」中庭坐，少頃，白衣方出，素裙粲然，凝質皎若，辭氣閑雅，神仙不殊。略序款曲。翩然却入。姨坐謝曰：「垂情與貨諸彩色，比日來市者，皆不如之。然所假如何。深憂愧。」李子曰：「綵帛麤繆，不足以奉佳人服飾，何敢指價乎。」答曰：「渠淺陋，不足侍君子巾櫛，然貧居有三十千債負。郎君儻不棄，則願侍左右矣。」李子悅，拜於侍側，俯而圖之。李子有貨易所，先在近，遂命所使取錢三十千。須臾而至，堂西間門，剨然而開。飯食畢備，皆在西間。姨遂延李子入坐。轉盼炫煥。女郎旋至，命坐，拜姨而坐，六七人具飯。食畢，命酒歡飲。

一住三日，飲樂無所不至。第四日，姨云：「李郎君且歸，恐尚書怪遲，後往來亦何難也。」李亦有歸志，承命拜辭而出。上馬，僕人覺李子有腥臊氣異常。

遂歸宅，問何處許日不見，以他語對，遂覺身重頭旋，命被而寢。先是婚鄭氏女，在側云：「足下調官已成，昨日過官，覓公不得。某二兄替過官，已了。」李答以媿佩之辭。俄而鄭兄至，責以所往行。李已漸覺恍惚，祇對失次，謂妻曰：「吾不起矣。」口雖語，但覺被底身漸消盡。揭被而視，空注水而已，唯有頭存。家大驚懾，呼從出之僕考之，具言其事。及去尋舊宅所，乃空園。有一皂莢樹，樹上有十五千，樹下有十五千。餘了無所見。問彼處人云：「往往有巨白蛇在樹下，便無別物，姓袁者，蓋以空園為姓耳。」

關於《博異志》

作者署名為谷神子，一般認為是是唐代鄭還古，生卒年不詳。本書為一本傳奇小說集，多記錄神靈怪異之事。

夜半小人

出自：《酉陽雜俎》

唐文宗太和末年，松滋縣南邊有一個書生，寄住在親友的莊園裡讀書。剛到的那天晚上，二更過後，他正點好燈，坐在桌前，忽然出現一個半寸高的小人，頭戴葛巾，手拄拐杖，對書生說：「你初來乍到，這裡的主人又不在，應該挺寂寞的吧？」那聲音像蒼蠅嗡嗡聲那麼大。這書生向來膽子大，一開始裝作沒看見，繼續看書。那小人就爬到坐榻上，責備說：「你怎麼一點都不懂待客的禮儀！」又跳到桌上看他的書，還一邊破口大罵。後來小人又把硯台翻倒到書上，書生不耐煩了，拿起一支筆敲那小人，小人掉到地上，大叫幾聲就跑出門不見了。

過了一會兒，出現了四、五個婦人，有老有少，都差不多一寸高，大叫說：「真官看你自己一人讀書，所以讓他兒子來和你探討深奧的學問。你怎麼這麼愚蠢狂妄，還傷害了他。現在和我們一起去見真官吧！」隨即出現一群小人，像螞蟻似的連續而來，模樣像是僕隸，紛紛撲到書生身上。

書生恍恍惚惚像在做夢，那些小人啃他的手腳，讓他痛苦不已。婦人又說：「你要是不去，就吃你的眼睛。」說著就有四、五名婦人爬到書生的臉上。書生十分驚恐，只得跟著她們出門。一行人來到堂屋東邊，遠遠望見一個很小的門，像是節度使衙門。書生喊道：「你們是什麼怪物，竟敢如此欺侮人！」結果又被小婦人咬齧。

他迷迷糊糊間進入了小門，只見一個頭戴高帽的人坐在大殿上，台階下有一千多名侍衛，全是一寸多高。殿上那小人喝叱書生說：「我可憐你一人獨處，派兒子過去陪你，何苦要傷害他呢，你這罪刑該當腰斬。」書生眼看幾十個人舉著刀逼進，嚇得魂飛魄散，連忙謝罪說：「我是傻瓜，有眼不識泰山，不認識真官您，求您饒我一命。」小人思考良久後說：「你既然知道後悔了，就饒了你吧。」喝令手下把他拖出去。書生不知不覺又站在小門外。等他回到書房，已是五更時分了，只見昨晚點的燈還亮著。

天亮以後，書生想尋找小人蹤跡。他來到東牆台階下，發現一個栗子大的小洞，有壁虎爬進爬出。他雇了幾個人來挖，那洞竟然有好幾丈深，刨出的壁虎多達十幾石。最大隻的呈紅色，有一尺多長，大概就是那個殿上的王。洞穴裡那些土壤堆積的形狀像城樓一樣，書生在洞口堆了一些草點火焚燒，後來就再沒發生過別的怪事了。

◈太和末，松滋縣南有士人，寄居親故莊中肄業。初到之夕，二更後，方張燈臨案，忽有小人半寸，葛巾，策杖入門，謂士人曰：「乍到無主人，當寂寞。」其聲大如蒼蠅。士人素有膽氣，初若不見。乃登牀責曰：「遽不存主客禮乎？」復升案窺書，詬詈不已，因覆硯於書上，士人不耐，以筆擊之墮地，叫數聲，出門而滅。

有頃，有婦人四五，或老或少，皆長一寸，大呼曰：「真官以君獨學，故令郎君言展，且論精奧。何痴頑狂率，輒致損害，今可見真官。」其來索續如蟻，狀如騶卒，撲緣士人。

士人恍然若夢，因嚙四支，疾苦甚。復曰：「汝不去，收損汝眼。」四五頭遂上其面。士人驚懼，隨出門。至堂東，遙望見一門，絕小，如節使之門。士人乃叫：「何物怪魅，敢淩人如此。」復被衆嚙之。

恍惚間，已入小門內，見一人，峨冠當殿，階下侍衛千數，悉長寸餘。叱士人曰：「吾憐汝獨處，俾小兒往，何苦致害，罪當腰斬。」乃見數十人，悉持刀攘背迫之。士人大懼，謝曰：「某愚騃，肉眼不識真官，乞賜餘生。」久之曰：「且解知悔。」叱令曳出。不覺已在小門外。及歸書堂，已五更矣，殘燈猶在。

及明，尋其蹤跡。東壁古階下，有小穴如栗，守宮出入焉。士人即雇數夫發之，深數文。有守宮十餘石。大者色赤，長尺許，蓋其王也。壤土如樓狀，士人聚蘇焚之，後亦無他。

關於《酉陽雜俎》

作者段成式（？～863），字柯古。唐代筆記小說集。內容包羅萬象，大體可分博物與志怪兩類，保存了唐朝大量的珍貴史料和逸事，是研究唐人生活和思想的重要文獻。

後代許多學者都推崇這本書的內容及其成就，清代紀曉嵐在《四庫全書總目提要》裡認為，本書雖然多收詭怪不經之談、荒涉無稽之物，但遺文祕笈亦往往參雜於其中，所以歷來談論到此書的人雖然詬病其內容浮誇，卻又不能不旁徵引用，自唐以來推為小說之翹楚，而周作人也曾在《談鬼論》裡提到：「四十前讀段柯古的《酉陽雜俎》，心甚喜之，至今不變……」

趙平原戒殺生

出自：《太平廣記》

唐憲宗元和初年，天水人趙平原在漢南有幢別墅。他有兩個書生朋友彭城人劉簡辭和武威人段齊真，有次他們一起到無名湖遊玩，打算捉魚做成生魚片來吃。

不一會兒，他們撈到幾十條鮮魚，其中有一條三尺多長的白魚，渾身鱗片像素色錦緞般光彩奪目。魚的背鰭五彩斑斕，色澤鮮亮可愛。劉簡辭和段齊真說：「這條魚看起來非同尋常，不要殺了牠。」趙平原卻說：「你們太迂腐了！誰說吃不得，我就要來吃。」話沒說完，忽然看見湖上出現一群小孩，都穿著白色短衣褲，在水面上叫喊著來回奔走，沒有一點兒害怕的神情。劉、段兩人越發驚慌，再次替那白魚說情，希望放牠一條生路，趙平原還是不答應，反而對廚子喝道：「快切生魚片來！」

過一會兒，魚片送上來了。趙平原和兩個朋友剛吃了一半，突然狂風大作，雷聲驟響，震徹天地，那些在湖面戲耍的小孩，腳下生出陣陣白煙，隨後便颳起了大風。劉、段二名書生眼看天色有變，望見三里處有座寺廟，急忙跑去那兒躲避。趙平原望著他們微笑，頗不以為然，正要再舉筷吃魚時，忽然間飛沙走石，大樹應聲折斷，暴雨烈焰夾雜傾瀉而下。天上電閃雷鳴，彷彿要天崩地裂似的。劉、段二人驚恐萬狀，面面相覷，臉色大變，都以為趙平原一定已經粉身碎骨了。

不久之後，雨過天晴，二人狂奔回先前吃魚的地方，只見趙平原坐在地上，已經不省人事。劉、段二人扶起他，喊了很久才叫醒趙平原，他緩緩睜開雙眼，說：「太奇怪了，太奇怪了。好不容易把那條魚吃光，卻被一個穿青衣的人從喉嚨裡摳出來，扔回湖裡去了，現在我肚子還是空空的。」而剛才操刀殺魚的僕人也不見了，過了好幾個月才回來。

趙平原追問僕人為何消失這麼久，他回答說：「那天我一開始看見一個穿青衣的人，在閃電火光中怒罵，後來就被他帶走了。他一路上要我給他背行李，走了十多天，到達一個地方，那裡人口稠密、各種店鋪林立，青衣人說：『這裡是益州。』又走了五、六天，來到一處繁華的城鎮，青衣人說：『這裡是潭州。』這天傍晚，他把我帶到一片曠野之中，說：『你跟著我有一段時間了，挺辛苦的吧？現在就和你在此分別了。』他說完從懷裡取出一塊肉乾遞給我，說：『你回家去吧，路上餓了可以吃這個。』還說：『替我帶話給趙平原，叫他不要殘害生靈。殘害自然生靈，是上天所不容的。要是再犯的話，絕不寬恕。』」

從此以後，趙平原終生不再釣魚了。

◈唐元和初，天水趙平原，漢南有別墅。嘗與書生彭城劉簡辭、武威段齊真詣無名湖，捕魚為鱠。

須臾，獲魚數十頭。內有一白魚長三尺餘，鱗甲如素錦，耀人目精。鬐鬣五色，鮮明可愛。劉與段曰：「此魚狀貌異常，不可殺之。」平原曰：「子輩迂闊。不能食，吾能食之矣。」言未畢，忽見湖中有群小兒，俱著半臂白袴，馳走水上，叫嘯來往，略無畏憚。二客益懼，復以白魚為請，平原不許之，叱庖人曰：「速斫鱠來。」逡巡，鱠至。平原及二客食方半，風雷暴作，霆震一聲，湖面小兒，腳下生白煙，大風隨起。二客覺氣候有變，顧望三里內，有一蘭若，遂投而去。平原微哂，方復下筯，於時飛沙折木，雨火相雜而下。霆電掣拽，天崩地拆。二客惶駭，相顧失色，謂平原已為齏粉矣。

俄頃雨霽，二客奔詣鱠所，見平原坐於地，冥然已無知矣。二客扶翼，呼問之，良久張目曰：「大差事，大差事。辛勤食鱠盡，被一青衫人，向吾喉中拔出，擲於湖中。吾腹今甚空乏矣。」其操刀之僕，遂亡失所在，經數月方歸。

平原詰其由，云：「初見青衫人於電火中嗔罵，遂被領將。令負衣襆，行僅十餘日，至一處，人物稠廣，市肆駢雜。青衣人云：『此是益州。』又行五六日，復至一繁會處，青衫人云：『此是潭州。』其夕，領入曠野中，言曰：『汝隨我行已久，得無困苦耶！今與汝別。』因懷中取乾脯一挺與某，云：『饑即食之，可達家也。』又曰：『為我申意趙平原，無夭害生命。暴殄天物，神道所惡。再犯之，必無赦矣。』」

平原自此終身不釣魚。

關於《太平廣記》

編纂者為宋代李昉等人，是一部以小說為主的類書，共五百卷。這部書因為輯錄保存了大量文獻，收錄了唐代以前數百部已散佚的書籍，成為重要的古代小說資料寶庫。本書成於太平興國年間，故名《太平廣記》。

白娘子永鎮雷峰塔

出自：《警世通言》

宋高宗南渡以後，在紹興年間，杭州臨安府的過軍橋黑珠巷裡，有一個當官的人家，主人叫做李仁，現在擔任南廊閣子庫的募事官，又和邵太尉一起管理錢糧。李仁的妻子有一個弟弟叫做許宣，是家中兄弟裡排行最長的。他父親曾開生藥店，因為從小父母雙亡，現在在表叔李將仕家的生藥鋪做主管，年紀二十二歲。那間生藥店開在西湖邊的官巷口。有一天，許宣在鋪子裡做生意，看見一個和尚來到店門口，向他問候說：「貧僧是保叔塔寺裡的和尚，前幾天已經把饅頭和卷子送到你家了。現在清明節快到了，要祭祀追思祖先，希望您找時間到寺裡燒香，不要忘記了！」許宣說：「我一定準時前往。」和尚就告辭離開了。

許宣還沒成家，沒有妻小，所以住在姊姊家裡。他晚上回到姊姊家，跟姊姊說：「今天保叔塔寺的和尚來請燒香，說明天要祭祀祖先，我明天去一趟。」第二天一早起來，他買了紙馬、蠟燭、經旗、金紙等祭祀用品，吃了飯以後，換穿新鞋襪衣服，把香燭、紙錢等東西，用個包袱打包好，先到官巷口李將仕家來。李將仕一看到許宣，就問他要去哪裡。許宣說：「我今天要去保叔塔燒香，追祀祖先，求叔叔能讓我請一天假。」李將仕說：「你快去快回。」

許宣離開店鋪後，走壽安坊、花市街，過井亭橋，往清河街後鐵塘門，行石函橋，過放生碑，最後來到保叔塔寺。他找到送饅頭的和尚，誦讀祭祀的祝文，燒了紙錢，到佛殿上看僧人們念經；吃過齋飯後，向和尚告別，就離開寺院，隨意走走看看，過西寧橋、孤山路、四聖觀，去看了林和靖墳，又到六一泉閒走。沒料到烏雲從西北方聚集，濃霧籠罩在東南方，一開始降下微微細雨，沒多久雨就愈下愈大。那天正是清明時節，老天爺少不了應時應景，就下起雨來，那陣雨下得綿綿不絕。許宣看見腳被雨淋溼了，脫下新鞋襪，走出四聖觀找船，卻不見半艘船。正不知道要怎麼辦時，只見一個老船夫，搖著一艘船過來，許宣很高興，認得是張阿公。大叫說：「張阿公，來載我一程！」老船夫聽到叫喚，仔細一認，原來是許宣，把船搖近岸邊，說：「許公子怎麼淋雨了，不知道要在何處上岸？」許宣說：「我到杭州城西的涌金門上岸。」老船夫扶著許宣下船，慢慢離了岸，朝豐樂樓前去。

船才離岸十幾丈，只聽到岸上有人叫喚說：「老先生，我們要搭船！」許宣一看，是一個婦人，頭上戴著守喪的孝頭髻，烏黑的秀髮邊插著一些白色的髮釵，穿著一身白絹衣裳，下半身穿一條細麻布裙；婦人身邊有一個丫鬟，身上穿著青色衣服，頭上梳著雙角髻，戴兩條大紅頭布巾，插著兩件首飾，手中捧著一個包袱要搭船。那老張對許宣說：「『因風吹火，用力不多。』乾脆一起載了他們吧！」許宣說：「好啊！你叫她們下來。」老船夫聽了，就把船靠在岸邊。那婦人和丫鬟下船，看到許宣，微微開啟朱唇，露出兩排像玉一樣的牙齒，深深行了一個禮。許宣慌忙起身答禮，那娘子和丫鬟在船艙中坐穩了，眼睛目光不時轉動，看著許宣。許宣生平是個老實人，但看到這樣等如花似玉的美女，身旁又是個俊俏美麗的丫鬟，也忍不住動心。那婦人問說：「敢問公子大名？」許宣回答說：「在下姓許名宣，家中排行第一。」婦人說：「請問家住在何處？」許宣說：「寒舍住在過軍橋黑珠巷，在生藥鋪內做生意。」那娘子問了幾句，許宣心想：「我也問她一問。」起身說：「敢問娘子的高姓，家住在何處？」那婦人回答說：「奴家是白三班白殿直的妹妹，嫁給了張官人，官人不幸早逝，埋葬在這附近雷峰嶺。因為清明節到了，今天帶了丫鬟往亡夫墳上祭掃，正要回家，沒料到遇上大雨。若不是搭上公子的便船，實在是非常狼狽。」兩人又閒聊了幾句，船搖搖晃晃地靠近岸邊。那婦人說：「奴家一時心急，忘了帶錢在身邊，希望向公子借些船錢，絕對不會拖欠公子。」許宣說：「娘子放心，沒關係的，這一點船錢不必計較。」便幫婦人付了船費，那雨愈下愈大，許宣扶著婦人上岸。那婦人說：「奴家就在箭橋雙茶坊巷口。如果不嫌棄的話，可以到寒舍喝杯茶，並歸還船錢。」許宣說：「這點小事不需要掛在心上。天色已晚，改日再登門拜訪吧。」說完，婦人就和丫鬟離開了。

許宣走進涌金門，沿著人家屋簷下到三橋街，看到一間生藥鋪，正是李將仕兄弟的店，許宣走到店鋪前，正好看見表叔的兒子小將仕在門前。小將仕說：「許宣哥這麼晚要去哪裡？」許宣說：「就是去保叔塔燒香祭祀，結果淋了雨，希望來這裡借一把傘。」小將仕聽了後大喊：「老陳拿把傘過來，給許宣哥帶去。」沒多久，老陳拿了一把雨傘撐開，說：「許公子，這把傘是清湖八字橋老實舒家做的。八十四骨、紫竹柄的好傘，不曾有一點破損，拿去不要弄壞了！小心點，小心點！」許宣說：「不必叮嚀，我知道。」接過傘，謝了小將仕，準備走出羊壩頭。他到了後市街巷口，只聽到有人叫喚：「許宣公子。」許宣回頭一看，只見沈公井巷口小茶坊的屋簷下，站著一個婦人，正是先前一起搭船的白娘子。許宣說：「娘子怎麼會在這裡？」白娘子說：「就是雨一直下不停，鞋子都踏溼了，叫青青先回家拿傘和鞋子來。天色漸漸暗下來，希望公子借我一起搭傘。」許宣和白娘子一起撐傘走到壩頭，問說：「娘子要到哪裡去？」白娘子說：「過橋往箭橋去。」許宣道：「小娘子，我自己往過軍橋去，路已經不遠了。不如娘子把傘帶去，明天我再自己去拿傘。」白娘子說：「這樣實在很不好意思，感謝公子的厚意！」許宣於是沿著人家的屋簷下冒雨回家，遇見姊夫家的僕人王安。王安拿著釘靴、雨傘去接他卻沒接到，正好回來。許宣回到家吃了飯，當夜忍不住思念那婦人，翻來覆去睡不著。夢裡如同白天看到的一樣，兩人情意深濃，沒想到突然傳來公雞一聲啼叫，原來只是南柯一夢。

到了天亮，他起來梳洗整理，吃了早飯，就到店鋪裡工作，一時忙著做生意買賣，也沒心思多想。到了中午，許宣心想：「不說個謊，怎麼把傘拿回來還人？」當時許宣看見叔父李將仕坐在櫃子前，向李將仕說：「姊夫叫許宣今天早點回家，想跟您請假半日。」李將仕說：「去吧！明天早點過來！」許宣答應了，就直接來到箭橋雙茶坊巷口，尋問白娘子的住處，但問了半天，附近沒有一個人認得。正躊躇之間，看見白娘子的丫鬟青青，從東邊走來。許宣連忙說：「姊姊，妳家住在哪裡？我來討回雨傘。」青青說：「公子隨我來。」許宣跟著青青，走沒幾步路，青青便說：「這裡就是了。」

許宣仔細一看，只見一座豪華的樓房，門前兩扇大門，對門就是秀王府的圍牆。那丫鬟轉入簾子裡說：「公子請進，到裡面坐。」許宣隨著走進屋子，那青青小聲呼喚著說：「娘子，許宣公子來了。」白娘子在裡面回答：「請先生進房裡喝茶。」許宣心裡有點猶豫遲疑，青青請了好幾次，催許宣進去。許宣轉到裡面，只見四扇格子窗，桌上放了一盆虎鬚葛蒲，兩邊牆上掛著四幅美人圖，中間則掛了一幅神像，桌上放了一個古銅香爐花瓶。白娘子走向前來深深地行了一個禮，說：「昨晚承蒙公子幫忙，實在是感激不盡。」許宣說：「些微小事，何足掛齒。」白娘子說：「請先稍坐喝茶。」喝完茶，又說：「我準備了薄酒三杯，表達我的謝意而已。」許宣正要推辭，青青已經把菜蔬果品像流水一樣排了出來。許宣說：「感謝娘子準備酒菜，實在不該這樣打擾。」喝了幾杯酒，許宣起身說：「今日天色快暗了，路途遙遠，我先告辭回家了。」娘子說：「公子的傘，昨夜又被親戚轉借去了，再喝個幾杯，我請人去拿回來。」許宣說：「天晚了，我要回去了。」白娘子又說：「再飲一杯就好。」許宣說：「我已經喝好幾杯了，多謝，多謝！」白娘子說：「既然公子急著回去，這傘就麻煩明天再來拿吧！」許宣只得告辭回家。

到了隔天，許宣又到店中做生意，然後又隨便找個理由，到白娘子家取傘，白娘子看到許宣來，又準備三杯酒招待。許宣說：「娘子還了我的傘吧！不必多打擾。」白娘子說：「既然都已經準備了，就稍微喝個一杯。」許宣只得坐下。白娘子倒了一杯酒，遞給許宣，輕啟櫻桃小口，露出雪白的玉齒，聲音嬌滴滴的，滿面春風地說：「公子在上，真人面前不說假話。奴家丈夫過世，想必和公子有著前世姻緣，所以一見面就蒙公子錯愛，正是你有心，我有意。希望公子找一個媒人作證，與你共成百年姻眷，兩人天生一對，這樣不是很好嗎！」許宣聽白娘子說完，自己心想：「這是一段好姻緣啊，如果能娶到這樣的妻子，也不枉此生了。我當然十分願意，只是有一件事不大妥當，我白天在李將仕的生藥鋪當主管，晚上住在姊夫家裡，雖然勉強存了點錢，但頂多準備身上穿的衣服，哪裡夠錢來娶妻呢？」於是獨自思索、沉吟不語。白娘子說：「公子為什麼都不說話？」許宣說：「感謝您對我的厚愛，實不相瞞，只因為手頭拮据，不敢答應！」白娘子說：「這個容易！我家中還有些餘財，不必擔心。」便喚來青青說：「妳去拿一錠白銀下來。」只見青青手扶著欄杆，腳踏著樓梯，拿下來一個包袱，遞給白娘子。白娘子說：「許宣公子，這些東西先拿去用，如果還有欠缺時，再來跟我要。」親手把包袱遞給許宣。許宣接過包袱，打開一看，裡面是一錠五十兩銀子，連忙藏於袖子裡，起身告辭，青青則是把傘拿來還給許宣。許宣接過傘後向白娘子道別，就直接回家，把銀子藏好。

隔天起來，他來到官巷口，先把傘還給李將仕。許宣又用碎銀子買了一隻燒肥鵝、鮮魚、豬肉、嫩雞、水果等食物回家，又買了一壺酒。那天正好姊夫李募事也在家，把酒菜食物準備好，就邀請姊夫和姊姊到他房間吃喝。李募事看到許宣突然邀請他，吃了一驚，心想：「今天什麼日子？突然這樣破費？平常從不曾一起喝酒，今天也太奇怪了！」三人坐定後開始喝酒。酒喝了幾杯，李募事說：「小舅子，沒事為什麼突然破費？」許宣說：「多謝姊夫，請不要笑話我，這一點水酒何足掛齒。感謝姊夫、姊姊照顧我這麼久。俗話說：『一客不煩二主人。』我年紀也不小了，怕將來沒有子嗣，無人奉養。現在有一門親事，希望姊夫、姊姊幫我作主，讓我不用孤單終老。」姊夫、姊姊聽完，肚子內暗想：「這小子平常一毛不拔，今天難得花點錢準備酒菜，就想要我們替他娶妻子？」夫妻二人，你看我，我看你，只不回話，默默吃喝。

過了兩三天，許宣心想：「姊姊怎麼都沒再提起這件事？」於是問姊姊說：「姊姊不知道有沒有跟姊夫商量這件事？」姊姊說：「沒有。」許宣問：「怎麼都沒有商量？」姊姊說：「這件事不是小事，不能倉卒隨便。你姊夫這幾天臉色很不好，我怕他煩惱，不敢問他。」許宣說：「我知道你只怕我要姊夫幫忙出錢，所以一直放著不理。」接著起身到臥房裡拿出白娘子的銀子，拿給姊姊說：「不用擔心錢的問題，只要姊夫幫我做主就可以了。」姊姊說：「沒想到你這些年在叔叔店裡當主管，存了這麼多私房錢，還知道要娶妻了。你先回去，我替你安排。」

等到李募事回來，姊姊說：「夫君，原來我弟弟要娶妻子，已經先存了些私房錢，如今把錢拿給我用，要我們替他完成這親事就好。」李募事聽了，說：「原來如此，他有存些私房也好，趕快拿來給我看看。」姊姊連忙把銀子遞給丈夫。李募事把銀子接在手中，反覆察看，看了上面鑿的字號，大叫一聲：「不好了，全家要被害死了！」姊姊吃了一驚，忙問：「怎麼了嗎？」李募事說：「幾天前，邵太尉的銀庫裡憑空不見了五十錠銀子，現在臨安府上下捉捕竊賊，十分緊急，但一直沒有消息，拖累好多人。於是出榜告示，緝捕賊人，寫著銀子的字號，並說：『有人捉獲賊人及銀子者，賞銀五十兩；知情不報，及窩藏賊人的，除了主要犯人之外，全家發配邊疆充軍。』這銀子與榜上的字號絲毫不差，正是邵太尉銀庫裡的銀子。如今外面捉捕十分緊急，正是『火到身邊，顧不得親眷，自可去撥。』明天要是事情敗露，實在難以解釋說明，不管他是偷的還是借的，寧可苦了他，不要連累我。我看我們還是拿著銀子去告發，免得害慘全家人。」姊姊聽了，嚇得合不攏嘴，目瞪口呆。於是拿了這錠銀子，到臨安府去告狀。那府尹聽到這個消息，一夜都睡不著。

次日，府尹火速派遣緝捕使臣何立帶了一班眼明手快的公人，到官巷口李家生藥店，提捉竊賊許宣，把許宣用一條繩子綁縛了，押到臨安府。正值韓大尹升廳，看到許宣就大喝說：「給我打！」許宣說：「大人不必用刑，不知許宣犯了什麼罪？」大尹焦躁地說：「你這個竊賊，有什麼話好說？還敢說自己無罪嗎？邵太尉府庫裡，憑空不見了大銀五十錠。現在李募事出來告發，剩下那四十九錠一定也在你那裡。」許宣才知道是這件事，大叫說：「我不是犯人，聽我解釋！」大尹說：「好，你先說這銀子從哪裡來的？」許宣將借傘、討傘的經過，一一細說一遍。大尹道：「白娘子是什麼人？住在什麼地方？」許宣說：「她說她是白三班白殿直的親妹妹，現在住在箭橋邊，雙茶坊巷口，秀王府牆對面的黑樓房裡。」大尹隨即叫緝捕使臣何立，押著許宣，去雙茶坊巷口捉拿白娘子前來。

何立等人領了命令，立即到雙茶坊巷口秀王府牆對面的黑樓房一看，門前有四扇小門，中間是兩扇正門，門外有一個小台階，台階前的斜坡上有些垃圾，還橫著放了一根竹竿。何立等人見了這個模樣都呆了，當場就把左右鄰居捉了起來，一邊是做花的丘大，另一邊是做皮匠的孫公。那孫公突然被抓來，大吃一驚，當場發病跌倒在地。其他鄰舍連忙走來說：「這裡沒有什麼白娘子。這裡五、六年前原本住著一個毛巡檢，全家都病死了。連大白天裡都有鬼出來買東西，無人敢住在裡頭。幾天前，有個瘋子站在門前胡言亂語。」何立叫人解下橫門的竹竿，裡面冷冷清清的，突然刮起一陣風，捲出一道腥氣，眾人都吃了一驚，連忙倒退好幾步。許宣看了，則是說不出話來。公人中有一個比較大膽的，排行第二，姓王，很愛喝酒，大家都叫他好酒王二。王二大喊著說：「都跟我來！」大家跟著發聲大喊，一齊衝進去屋子裡，屋裡板壁、桌子、凳子都有，一群人來到樓梯邊，叫王二打頭陣，眾人跟在後面，一齊上樓。樓上灰塵有三寸厚。眾人來到房前，推開房門一看，床上掛著一張帳子，還有箱籠，只見一個如花似玉的白衣美貌女子，坐在床上。所有人看了，都不敢向前。眾人說：「不知娘子是神是鬼？我們奉了臨安大尹的鈞旨，喚你去與許宣對證公事。」那娘子依然端坐不動。王二說：「大家都不敢向前，該怎麼收尾？誰去拿一罈酒來給我喝，讓我捉她去見大尹。」眾人連忙叫兩三個人下去提一罈酒來給王二。王二開了罈口，將一罈酒一口氣喝下去，把那空罈往帳子丟了過去。這不丟還好，一丟過去，只聽到一聲巨響，像晴天裡打一個霹靂似的，所有人都嚇倒了，起來一看，床上娘子不見了，只留下明晃晃的一堆銀子，正好是四十九錠。眾人扛了銀子，回到臨安府。

何立把這件事向大尹稟報。大尹說：「那一定是妖怪了。算了，把無辜的鄰居放回去吧。」於是差人把五十錠銀子送還給邵大尉，並將經過一一稟告。許宣則是以「做了不該做的事」，判處杖刑、不必刺面，並發配牢城營做工，等刑期服滿就能釋放。那牢城營在蘇州府的管轄底下。李募事因為出面告發許宣，心裡覺得有所虧欠不安，把邵太尉賞的五十兩銀子都給許宣當做路費盤纏。李將仕則是寫了二封書信，替許宣打點，一封給押司范院長，一封給吉利橋下開客店的王主人。許宣痛哭一場，拜別姊夫、姊姊，戴著枷鎖，由兩個差役押著離開杭州，不到一天的時間，就來到蘇州。先把書信交給了范院長及王主人。王主人替他在官府上下用錢打理，打發兩個公人去蘇州府交割犯人，討了回文，差役自回杭州去了。范院長、王主人保釋許宣，不用入牢營裡，就在王主人門前的樓上住了下來。許宣心中愁悶，在牆壁上題了一首詩：獨上高樓望故鄉，愁看斜日照紗窗。平生自是真誠士，誰料相逢妖媚娘。白白不知歸甚處？青青那識在何方？拋離骨肉來蘇地，思想家中寸斷腸！（獨自登上高樓，望著遠處的故鄉，心裡發愁著，看著夕陽斜暉照進紗窗。我這一生向來是個真誠的人，誰想到會遇到這樣妖媚的女子？白娘子現在不知道去了哪裡，青青也不知道在何方，我離開骨肉家人來到蘇州，想起家鄉就讓人肝腸寸斷。）

不覺光陰似箭，日月如梭，許宣在王主人家住了半年多。九月下旬的時候，王主人正閒著沒事站在店門口，看著街上人來人往。突然遠遠來了一乘轎子，旁邊跟著一個丫鬟，問說：「請問一下，這裡是不是王主人家？」王主人說：「這裡就是，妳要找什麼人？」丫鬟說：「我們要找臨安府來的許宣。」王主人說：「妳等一等，我去叫他出來。」這乘轎子便停在門前。王主人進去叫喊：「許公子，有人找你。」許宣聽到，急忙走出來，到門前一看，轎子裡坐著的正是白娘子，一旁則是青青跟著。許宣見了，連聲叫道：「死冤家！都是妳偷了官庫的銀子，連累我吃了這麼多苦，滿腹冤屈無處可伸。如今我變得這樣落魄，又來找我要做什麼？」白娘子說：「許公子不要怪我，今天特地來向你解釋這件事，先讓我進去主人家裡再跟你說。」

白娘子叫青青拿了包袱下轎。許宣說：「妳是鬼怪，不許進來！」擋住了門不放她進去。那白娘子向主人深深行個禮，說：「奴家不敢相瞞，主人在上，我怎麼會是鬼怪呢？你看我的衣裳有縫，對著日光有影子。只因先夫不幸去世，才讓我如此受人欺負。盜銀子的事，是先夫日前所為，實在與我無關。如今怕你怨我、怪我，才特地來說清楚。」主人說：「先讓娘子進來坐了再說。」門前看熱鬧的人都散了。許宣進到裡面，對主人說：「我為了她偷官銀的事，連累我吃場官司。現在又趕到這裡，還有什麼好說？」白娘子說：「先夫留下的銀子，我好意給你，我也不知道是怎麼來的？」許宣說：「那麼為什麼公人到妳家時，門前都是垃圾，而且妳為什麼從帳子裡一下子就不見了？」白娘子說：「我聽人說你為了這銀子被捉去，怕你把我供出來，捉我見官。我無可奈何，只好去華藏寺前的姨娘家躲了起來；又叫人擔了垃圾堆在門前，把銀子放在床上，拜託左右鄰舍幫我說謊。」許宣說：「妳自己跑走了，留下我吃官司！」白娘子說：「我把銀子放在床上，以為把銀子還回去就好，哪裡曉得還有這麼多事情？我聽說你被發配在這裡，就帶了點盤纏，搭船到這裡找你。如今既然解釋清楚了，我這就離開。我想是我們兩人沒有夫妻的緣分！」王主人說：「娘子走了這麼多路才來到這裡，怎麼一下子就要離去？先暫時在這裡住個幾天，再來打算吧！」青青說：「既然主人家再三勸解，娘子就暫且住個兩天，反正當初也曾答應要嫁許宣公子。」白娘子隨口說：「羞死人了，難不成奴家是沒人要？我今天本來就只是來解釋清楚的。」王主人說：「既然當初許嫁許公子，怎麼現在又要回去？娘子先留在這裡吧。」於是打發了轎子回去。

過了幾天，白娘子先去奉承討好王主人的媽媽。於是那媽媽勸主人幫許宣說合，選定十一月十一日讓兩人成親，一起白頭偕老。時間飛逝，一下就來到吉日良時。白娘子取出銀兩，請王主人幫忙準備喜筵，二人拜堂結親。酒席散後，兩人洞房，情深意濃，只恨相見太晚。從這天開始，夫妻二人如魚似水，整天在王主人家裡快樂纏綿。

日往月來，又過了快半年時光，正好春氣和暖，花開如錦，路上車馬往來，街坊熱鬧喧騰。許宣問主人說：「今天是什麼日子？為什麼人人出去閒遊，如此熱鬧？」主人說：「今天是二月半，不論男子、婦人都去看臥佛，你也可以去承天寺裡閒逛。」許宣聽主人這麼說，回答：「我和妻子說一聲，也去看一看，湊湊熱鬧。」許宣上樓和白娘子說：「今天是二月半，男子婦人都去看臥佛，我也去看一看就回來。如果有人來找妳說話，就說不在家，不要出來見人。」白娘子說：「有什麼好看的？就在家中不好嗎？看那個東西要做什麼？」許宣說：「我去閒逛一圈就回來，不用擔心。」

許宣離開客店，遇到幾個相識的人，一起走到寺裡看臥佛。繞著廊下各殿，觀看了一圈，才走出寺門，看見一位先生，身穿道士袍，頭戴逍遙巾，腰繫黃絲帶，腳著熟麻鞋，坐在寺前賣藥，並發送符水。那先生說：「貧道是終南山道士，到處雲遊，散施符水，救人病患，去除災厄，有事的請走向前來。」那先生在人叢中看到許宣，見他頭上一道黑氣，必有妖怪糾纏，對著他大喊：「近來有一個妖怪纏著你，危害不輕！我給你二道靈符，救你性命。一道符在半夜三更焚燒，一道符放在你的頭髮裡。」許宣接了符，連忙拜謝行禮，心裡想說：「我也有八九分懷疑娘子是妖怪，沒想到真的是這樣。」於是謝過先生，直接回到客店中。

到了晚上，白娘子和青青都睡著了，許宣悄悄起來，心想：「應該已經到三更了！」將一道符放在自己的頭髮裡，正想要把另一道符點燃，只聽到白娘子嘆了一口氣說：「你和我做了這麼久的夫妻，竟然還不相信我，寧願相信外人的言語，這半夜三更，要燒符咒來壓鎮我！你倒是把符燒燒看！」於是伸手把那道符搶過來，點火焚燒，結果一點動靜也沒有。白娘子說：「你覺得怎麼樣？覺得我是妖怪嗎？」許宣急著說：「不關我的事。臥佛寺前有一個雲遊的先生，他說妳是妖怪。」白娘子說：「明天我和你去找他，看看是怎麼樣的先生。」

次日，白娘子大清早就起來，梳妝整理，戴了耳環，穿上素淨衣服，吩咐青青看管樓上。夫妻二人來到臥佛寺前，只看見一群人，團團圍著那位先生，在那裡散符水。白娘子睜大一雙妖眼，走到先生面前，大喝說：「你這人好無禮！出家人在在我丈夫面前說我是妖怪，畫符咒要捉我！」那先生回說：「我行的是五雷天心正法，只要是妖怪，吃了我的符，就會變出原形來。」白娘子說：「這麼多人在這裡，你就畫個符來讓我來吃看看！」那先生立即畫了一道符，遞給白娘子。白娘子接過符，張口就吞下去。圍觀的群眾看了半天，沒有半點動靜。於是七嘴八舌地說：「這樣端莊的婦人，怎麼能說人家是妖怪？」眾人把那先生罵了一頓。那先生被罵得說不出話，滿面惶恐。白娘子又說：「各位先生在這裡看，我自小學得一個小把戲，讓我用先生來示範給大家看。」只見白娘子口中唸唸有詞，不知念些什麼，那先生就像被人揪住一樣，縮成一堆，懸空吊了起來。眾人看到都大吃一驚，許宣更是看到呆住了。白娘子說：「如果不是看著大家的面子，就把這先生再吊他一年。」白娘子噴了一口氣，那先生就被放了下來，只恨爹娘沒有生給他一對羽翼，飛也似的跑走了，於是圍觀的群眾都散了，夫妻兩人恩愛如初，至於日常花費，都是白娘子拿錢出來支付。兩人相處夫唱婦隨，朝歡暮樂。

時間過得很快，來到四月初八日，正是釋迦牟尼佛的生辰。街市上有人抬著柏亭浴佛，家家布施，許宣對王主人說：「這裡的風俗跟杭州一般。」鄰居有個打雜的人，叫做鐵頭，說：「許公子，今日承天寺裡做佛會，你要不要去看一看？」許宣於是轉身到裡面，對白娘子說了。白娘子說：「有什麼好看的，不要去！」許宣說：「只是去走一走，散散心而已。」白娘子說：「你如果要去，身上的衣服舊了不好看，我幫你打扮一下。」叫青青去拿最時尚的衣服。於是許宣戴一頂黑漆頭巾，腦後一雙白玉環，穿一領青羅道袍，腳著一雙黑皂靴，手中拿著一把細巧百摺描金美人春羅扇，繫著珊瑚墜，打扮得上下齊整。出門時，白娘子輕聲說：「夫君早早回來，不要讓奴家掛念！」許宣叫了鐵頭相伴，就來到承天寺來看佛會。只聽得人群裡有人說：「昨夜周將仕典當庫內，不見了四五千貫金珠和衣服等物品。現在開列清單告到官府，四處搜查，還沒捉到人犯。」許宣和鐵頭在寺裡閒逛，當天燒香的男女來來往往，十分熱鬧。許宣說：「娘子要我早回，還是回去吧。」轉身在人群裡，找不到鐵頭，就獨自個走出寺門。只見五、六個似公人打扮的人，腰裡掛著令牌。其中一個看到許宣，對眾人說：「這個人身上穿的和手裡拿的，跟我們在找的東西好像。」其中有一個人認得許宣，對他說：「許公子，扇子借我看一下。」許宣不知是計，把扇子遞給那個公人。那公人道：「你們看這扇子的墜飾，與單上開的一樣！」眾人大喝一聲：「拿下了！」就把許宣用一條繩索給綁了。

許宣急忙說：「你們是不是弄錯了，我是無罪的。」眾公人說：「是不是弄錯，等去府前周將仕家再說！他店裡被偷走五千貫金珠細軟、白玉條環、細巧百摺扇、珊瑚墜子，你還說無罪？人贓俱獲，還有什麼好說的！你也真是大膽，完全不把我們公人放在眼裡，現在從頭到腳，都是他家的物品，居然還公然外出，毫無忌憚！」許宣這才嚇呆了，半晌都出不了聲。等回過神後，許宣說：「原來如此。沒關係，我知道是誰偷的。」眾人說：「你自己去蘇州府廳上說清楚。」

次日府尹升堂，押來許宣見了。府尹審問：「周將仕庫內被偷走的金珠寶物，現在在何處？趕快從實供來，以免受刑罰拷打。」許宣說：「稟告大人，小人身穿的衣服物品皆是妻子白娘子的，不知是從何而來，請大人明察！」府尹大喝說：「你妻子如今在何處？」許宣說：「現在在吉利橋下王主人樓上。」府尹立即派遣緝捕使臣袁子明押了許宣，火速前去捉白娘子來。袁子明等公人來到王主人店中，主人大吃一驚，連忙問：「發生什麼事？要做什麼？」許宣問說：「白娘子在樓上嗎？」主人說：「你和鐵頭去了承天寺後沒多久，白娘子對我說：『丈夫去寺中閒逛，叫我和青青照管樓上，但是到現在還沒回來，我與青青去寺前找他，還請主人替我看管。』然後就出門去了，到了晚上還沒回來。我以為和你去探望親戚了，到現在都沒有回來。」眾公人要王主人找出白娘子，但店裡前前後後都遍尋不見。袁子明就把主人也捉了，帶回去見府尹。府尹問：「白娘子現在在何處？」王主人細細地把經過稟告了，說：「白娘子一定是妖怪。」府尹又一一問個詳細，說：「先把許宣關起來！」王主人則用了一些錢，保釋在外，等候結案。

那周將仕正在對門茶坊內閒坐，家人突然來報告說：「金珠等物都找到了，原來放在庫閣頭的空箱子內。」周將仕聽了，慌忙回家查看，果然東西都找到了，只有頭巾、條環、扇子並扇墜不見了。周將仕說：「看樣子是冤枉了許宣，平白無辜地害了一個人，這樣實在不好。」於是暗中和值班的人說了，讓許宣只被問一個小罪名。正巧邵太尉派許宣的姊夫李募事到蘇州辦事，來到王主人家投宿。王主人把許宣來到這裡，又吃上官事的經過，從頭說了一遍。李募事心想：「怎麼說都是自家親戚，總不能袖手旁觀。」於是幫他找人說情，上下使錢疏通。有一天，府尹找來許宣一一審問明白，把罪過都算在白娘子身上，許宣只以「沒有主動告發妖怪」問罪，罰杖刑一百，發配外地三百六十里，押往鎮江府牢城營做工。李募事對許宣說：「鎮江雖遠，但去那裡不用擔心，我有一個結拜的叔叔，叫做李克用，在針子橋下開生藥店。我寫一封信，你可去投靠他。」許宣於是向姊夫借了點盤纏，拜謝了王主人及姊夫，就買了酒飯給兩個押送的公人吃，收拾行李起程。王主人及姊夫送了他一程，然後各自回去了。

許宣一路上餓了就吃，渴了就喝，晚上休息，白天趕路，風塵僕僕，來到鎮江。他先找到李克用家，來到針子橋的生藥鋪。只見店主管正在門前賣藥，老闆從裡面走出來。兩個公人和許宣慌忙行禮說：「小人是杭州李募事家裡的人，有書信在此。」主管接了，遞給老闆。老闆看完信說：「你就是許宣？」許宣回答：「小人就是。」李克用讓三人吃了飯，吩咐僕人一起到鎮江府中交付公文，並用了一點錢，保領許宣回家。兩個押送的公人討了文書後，自己回蘇州去了。

許宣與僕人一起到李克用家中，拜謝李克用，並參見了老夫人。李克用看著李募事的書信，說：「許宣原來也是生藥店的主管。」因此留他在店中做買賣，夜晚安排他去五條巷賣豆腐的王公樓上住宿。李克用見許宣在藥店工作十分精細，心中歡喜。原來藥鋪有兩個主管，一個張主管，一個趙主管。趙主管一向老實本分，而張主管一向奸詐刻薄，常常倚老賣老，欺侮後輩，看見又來了個許宣，心裡不悅，怕搶了自己的地位，心中策謀著，要找機會算計他。

有一日，李克用來店中巡視，問：「新來的許宣做買賣的情況如何？」張主管聽了心中暗想：「機會來了！」回答說：「好是很好，但只有一個小地方……」李克用說：「有什麼問題？」張主管說：「他只肯接大筆的買賣，小筆的生意常常敷衍打發，因此有人說他不好。我勸了他幾次，但他都不聽。」李克用說：「這個容易，我親自吩咐他，不怕他不聽。」趙主管在旁聽到了，私下對張主管說：「大家都是同事，應該要和和氣氣。許宣才剛來，我和你要多幫幫他才是，有什麼不對的地方應該當面講，怎麼能在背後說他？要是讓他知道了，還以為我們在嫉妒他呢！」張主管說：「你們年輕人懂什麼！」天黑後，兩人各自回到自己的住處。趙主管來許宣住處告誡他說：「張主管在老闆面前說你壞話，你今後要愈加用心、更加注意，不管大小生意都要做。」許宣說：「多謝你的提醒，我和你去喝個幾杯。」二人一起到酒店裡，喝了幾杯酒。趙主管說：「老闆個性直率，不能接受別人頂撞他。你就依著他的個性，耐心做買賣生意。」許宣說：「多謝老哥提醒，感激不盡。」兩人又喝了兩杯，天色晚了，趙主管說：「天黑路難走，早點回家，改日再會。」許宣付了酒錢，各自散了。

許宣覺得有幾分酒醉了，怕不小心撞到路人，於是沿著屋簷下走回去。走著走著，突然有一戶人家，樓上推開窗，把熨斗的灰撥下來，正好都倒在許宣頭上。許宣定住腳，開口就罵：「哪來不長眼睛的人！」只見一個婦人，慌忙走下來道歉：「公子不要罵，是奴家的不是，不小心失誤了，請不要見怪！」許宣半醉著，抬起頭一看，竟然就是白娘子。

許宣怒從心起，一把怒火騰騰升起，按捺不住，大罵：「妳這賊賤妖精，連累得我好苦！害我吃了兩場官事！妳如今又到這裏，還說不是妖怪？」一個箭步衝向前，把白娘子一把捉住，說：「妳想要官休還私休！」白娘子陪著笑臉說：「夫君，『一夜夫妻百日恩』，這件事說來話長。你聽我說，當初這衣服，都是先夫留下來的。我與你恩愛深重，才讓你穿在身上，你怎麼能恩將仇報？」許宣說：「那天我回來找妳，為什麼又不見了？王主人說妳和青青去寺前找我，為什麼現在又在這裡？」白娘子說：「我到了寺前，聽人說你被捉走，叫青青四處打聽，問不到消息，以為你已經脫身了。怕公人來捉我，叫青青連忙討了一隻船，躲到建康府娘舅家去，昨天才到這裡。我也想說連累你吃了兩場官事，哪裡還有臉見你！只是事到如今，你怪我也沒有用。況且我們兩人情意相投，做了夫妻，現在既然沒事了，好端端的難道就這樣走開了？我與你情比泰山，恩如東海，誓同生死，希望你能看著過去夫妻的情面，帶我回你的住處，和你白頭偕老，豈不是很好嗎！」許宣被白娘子一番話騙得暈頭轉向，轉怒為喜，沉吟了一下，加上被色迷了心膽，竟然不回住處，就直接在白娘子樓上過夜。

第二天，許宣到五條巷王公家，對王公說：「我的妻子和丫鬟從蘇州來到這裡，我想讓她們搬來和我一起生活。」王公說：「這是好事，當然沒問題。」於是許宣讓白娘子和青青一起搬來王公樓上。次日，準備了茶點宴請鄰居；第三天，鄰居又幫許宣接風；第四天，許宣早上起床梳洗完畢，對白娘子說：「我去拜謝左右鄰居，然後去店裡做買賣；妳和青青待在樓上就好，切勿出門！」從此，許宣認真在店裡做買賣，早出晚歸。

光陰似箭，一下子又過一個月。有一日，許宣和白娘子商量，帶她去見主人李克用的媽媽和家眷。白娘子說：「你在他家做主管，去參見他一下，也好將來日常走動。」隔天，許宣雇了轎子，請白娘子上轎，叫王公挑著禮物盒，丫鬟青青在旁跟隨，一齊來到李克用家。李克用連忙出來迎接，白娘子深深行個禮，拜了兩拜，老夫人也拜了兩拜，內眷也都出來見面。那李克用年紀雖然大，卻依然好色，看到白娘子傾國的美貌，看得是目不轉睛。老夫人對李克用說：「好個伶俐的女孩子，長得又漂亮，個性溫柔和氣，莊端穩重。」李克用說：「果然杭州女孩子就是長得俊俏漂亮。」心中暗想：「怎麼樣才能和這個美女睡上一覺？」左思右想，突然一計湧上心來：「六月十三是我的壽誕，正好教這個美女著我一道。」

轉眼間來到六月初。李克用說：「十三日是我壽誕，可做一個筵席，請親眷朋友來家裡熱鬧熱鬧。」於是給親眷鄰友、店鋪主管等，都發了請帖。十三日那天，大家都來赴筵，吃喝了一整日。隔日是女眷們來賀壽，也有二十多個。白娘子也來了，打扮十分精緻，上半身穿著青織金衫兒，下半身穿著大紅紗裙，戴一頭百巧珠翠金銀首飾，帶著青青，到裡面向李克用祝賀生日，參見老夫人。李克用原本是個吝嗇小氣的人，因為看見白娘子的容貌，才設此計謀，大排筵席，頻繁勸酒。酒喝到半醉，李克用假裝起身入內脫衣上廁所，並預先吩咐心腹婢女說：「若是白娘子要上廁所，妳可以帶她到後面僻靜的房間。」李克用設下計謀後，先躲在後面。只見白娘子真的要去廁所，婢女帶她到後面的僻靜房間後，就先行離去。李克用心中淫亂，按捺不住，但又不敢貿然進去，先在門縫裡偷看，沒想到沒看到白娘子如花似玉的體態，只看到房裡盤著一條吊桶粗的大白蛇，兩眼像燈燭似的，放出金光來。李克用一看以後嚇得半死，轉身就走，慌亂中絆了一跤。眾婢女聽到聲響趕來，只看到李克用面青口白，昏死過去，主管忙用安魂定魄丹給他服了，才慢慢醒過來。老夫人與眾人都來了，問說：「什麼事情弄得這樣驚天動地的？」李克用不敢說出實情，只說：「可能是今日起得早了，這兩天又辛苦了些，所以頭風病發，暈倒了。」於是婢女扶他回房裡睡了，其餘親眷又喝了幾杯，酒筵就散了，大家道謝回家。

白娘子回到家中，擔心明日李克用在店鋪裡對許宣說出真相來，就想了一條計謀，一邊脫衣服，一邊嘆氣。許宣說：「今天開開心心出去吃飯喝酒，為什麼回來卻在嘆氣？」白娘子說：「夫君，李老闆原來做生日只是幌子，其實不安好心。趁我起身如廁，竟然躲在裡面，想要強姦我，對我拉裙扯褲非禮我。我本來想大叫，但想到外面這麼多人，怕出醜，只好死命把他推倒在地，他怕丟臉，假裝說自己暈倒了。只是我這委屈惶恐，該去哪裡出氣？」許宣說：「既然沒有被他得逞，他怎麼說都還是我老闆，出於無奈，只能先忍下來，以後別再去他家就好了。」白娘子說：「你不替我做主，還要替他顧面子？」許宣說：「先前承蒙姊夫寫信，讓我投奔他家，也多虧他不計較我有官事在身，收留在家做主管，發生這件事教我如何是好？」白娘子說：「男子漢大丈夫！我被他這樣欺負，你還要繼續在他家做主管？」許宣說：「不然妳要我去哪裡安身？要怎麼過活？」白娘子說：「當人家的主管，也只是受人使喚，不如自己開一間生藥鋪。」許宣說：「妳說的簡單，哪裡來的本錢？」白娘子說：「你放心，這個容易，我明天先拿些銀子給你，你先去租了間房子再說。」隔壁有一個鄰居，姓蔣名和，一向熱心好事。第二天，許宣向白娘子討了些銀子，請蔣和去鎮江渡口碼頭邊，租了一間房子，買下一套生藥廚櫃，陸續收買生藥，十月前後，都已準備完成，挑選了一個吉日開張藥店，不再去做主管。那李克用也自覺惶恐，不去叫他。

許宣自從開店以來，沒想到買賣生意一天比一天興旺，賺進不少利潤。有一天在門前賣生藥，看見一個和尚拿著一本募緣簿子說：「小僧是金山寺的和尚，七月初七日是英烈龍王生日，希望先生到寺裡燒香，布施點香油錢。」許宣說：「不必寫我的名字，我有一塊上等的降真香，施捨給你拿回去燒吧。」隨即開櫃拿出來遞給和尚。和尚接了過去，說：「當天希望先生來寺裡燒香！」行個禮後就離開了。白娘子看見以後，說：「你這該殺的，把一塊好香給那個賊禿去換酒肉吃！」許宣說：「我一片誠心施捨給他，如果他拿去亂花也是他的罪過。」

七月初七那天，許宣剛開店，看見街上熱鬧，人來人往。一旁幫閒的蔣和說：「許公子前日布施了香，今天為何不去寺裡走一趟？」許宣道：「我收拾一下，請稍等一會，我和你一起去。」許宣連忙收拾，進去對白娘子說：「我去金山寺燒香，家裡交給妳照顧。」白娘子說：「『無事不登三寶殿』，去寺裡要做什麼？」許宣說：「一來是還沒去看過金山寺，想去看一看；二來前日布施了，要去寺裡燒香。」白娘子說：「你既然要去，我也不能擋著你，但要依我三件事。」許宣說：「那三件事？」白娘子說：「第一，不要進到住持方丈的居室；第二，不要和和尚多說話；第三，早去早回，要是太晚沒回來，我就去找你。」許宣說：「這幾件事都不要緊，我都依妳。」於是換了乾淨衣服鞋襪，袖裡帶了香盒，同蔣和一起到江邊，搭船到金山寺。兩人先到龍王堂燒香，接著繞著寺裡閒走了一遍，跟著眾人信步來到方丈居室門前。許宣突然想起：「妻子吩咐我不要進到方丈的居室裡。」於是站住了腳，停在門前。蔣和道：「沒關係吧！她在家又不知道，回去的時候就說沒有進去不就好了。」說完，帶許宣走進去，隨便看了一下，就出來了。

方丈居室的正中間座席上，坐著一個有德行的和尚，外表眉清目秀，圓頂方袍，看起來是個誠心修道的僧人。他一看到許宣經過，就叫身旁的侍者：「快叫那個年輕人進來。」侍者看了一眼，參拜的人群成千上萬，也不知道住持說的是哪一個，於是回說：「不知他走到哪裡去了。」和尚聽了，手持禪杖，自己追了出來，前後都找不到，又再出寺外尋找，只看見許多信眾都在江邊等風浪小一點要搭船。

那風浪愈來愈大，突然間，江心裡有一艘船像飛也似的直衝過來。許宣對蔣和說：「這個風浪大到船隻無法航行，那隻船怎麼可以來得這麼快！」話還沒說完，船隻已經靠近，一個穿白衣的婦人及一個穿青衣的女子在船上。仔細一看，正是白娘子和青青，許宣嚇了一跳，白娘子來到岸邊，叫喊：「你怎麼還不回家？趕快上船！」許宣正要上船，只聽得有人在背後大喝：「業畜在這裡做什麼？」許宣回過頭看，只聽旁人說：「法海禪師來了！」法海禪師說：「業畜，敢來這裡撒野，殘害生靈？老僧特地為妳而來。」白娘子看見法海禪師，連忙搖船後退，和青青把船一翻，兩個都翻到水底去了。許宣回身看著禪師，立即下跪拜謝：「感謝尊師，救弟子一條草命！」禪師說：「你是如何遇到這個婦人？」許宣把先前發生的事情從頭說了一遍。禪師聽完，道：「這婦人正是妖怪，你可以趕快回去杭州，如果她再來糾纏，可以到湖南淨慈寺找我。」

許宣拜謝了法海禪師，和蔣和搭上渡船，過了江，上岸回家。白娘子和青青都不見人影，這才信是她是妖怪。到了晚上，許宣請蔣和陪他在家裡過夜，心裡煩悶，一整夜都睡不著。次日一大早起來，叫蔣和幫忙看著家裡，自己來到針子橋李克用家，把事情告訴李克用。李克用說：「我生日的時候，她去廁所，我不小心撞了進去，看見了這個妖怪，嚇得我昏死過去；只是我一直不敢跟你說出這個真相。既然現在知道了，你還是先搬回來我這裡住，再做打算。」許宣謝過李克用，依舊搬到他家居住，不知不覺又過了兩個多月。

有一天，許宣站在店門前，看見地方總甲通報，高宗皇帝策立太子，大赦天下，除了牽涉人命大事的重罪，其餘小事盡行赦放回家。許宣獲得大赦，喜出望外，拜託李克用在衙門上下用錢打點，並拜見府尹，讓他可以還鄉。於是許宣拜謝左鄰右舍，又向李克用全家及店裡二位主管拜別，並請求幫閒的蔣和買了些土產物品帶回杭州，就離開鎮江，踏上回家之路。回到家中，立即拜見姊夫、姊姊，李募事見了許宣，抱怨說：「你實在太欺負人！我兩次幫你寫信讓你有人可以投靠，結果你在李克用員外家娶了妻子，竟然連寄封書信來通知我和你姊姊都沒有，真是不仁不義！」許宣說：「我沒有娶妻啊！」姊夫說：

「前兩天，有一個婦人帶著一個丫鬟來家裡，自稱是你的妻子。說你七月初七日去金山寺燒香後，就沒有回家，到處都找不到你，直到最近，打聽到你要回杭州，所以帶著丫鬟先到這裡等你。」他請人去叫那個婦人和丫鬟。許宣一看，果然是白娘子和青青，立刻目瞪口呆，吃了一驚，想說不好當著姊夫、姊姊面前和白娘子攤牌，只得任由姊夫埋怨了一陣。李募事安排了一間房讓許宣和白娘子一起睡，許宣害怕白娘子，心中慌亂，不敢向前，朝著白娘子跪下，說：「不知道妳是什麼鬼怪，請饒我一條性命！」白娘子說：「夫君，你說這個是什麼意思？我和你做了這麼久的夫妻，從來沒有虧待你，怎麼說這種沒頭沒尾的話。」許宣說：「自從和妳相識之後，連累我吃了兩場官司；我到鎮江府，妳又追來找我。上次去金山寺燒香，只是晚一點回家，妳就和青青駕船趕來，看到那個法海禪師，就跳到江裡去了。我以為妳已經死了，沒想到妳又先到這裡找我。請妳看我可憐，放我一馬吧！」白娘子怒眼圓睜說：「夫君，我也只是為你好，誰想到反而讓你怨恨！我和你夫婦一場，同眠共枕度過許多恩愛時光，如今你寧願相信別人的閒言閒語，導致我們夫妻失和。我現在就直接跟你說，如果你乖乖聽我的話，我們夫妻恩愛歡喜，那就什麼事也沒有；如果你還有異心，看我讓你們滿城都變成血水，人人淹沒在巨浪洪水之中，全部死於非命。」一番話嚇得許宣戰戰兢兢，說不出話來，也不敢走近前去。青青勸說：「姑爺，娘子就愛你長得好，又愛你深情重義。聽我的話，與娘子和和氣氣的，像從前一樣，不要再有疑慮。」許宣只是不斷唉聲嘆氣，許宣的姊姊正好出來天井裡乘涼，聽得房裡的爭吵聲，以為小倆口弄彆扭，連忙來到房前，把許宣拖了出來，於是白娘子關上房門自己去睡了。

許宣把前因後果，一一對姊姊說了一遍，正好姊夫乘涼完回到房間，姊姊跟他說：「小倆口鬧不愉快，如今不知道睡了沒，你去看一下。」李募事走到許宣房前，屋裡已經熄燈了，他從門縫往裡看，竟看見一條吊桶粗的大蟒蛇睡在床上，鱗甲放出閃閃白光。李募事大吃了一驚，轉身回到房中，怕造成驚擾，暫時不說白蛇的事，只說：「應該睡了，沒聽到聲響。」許宣於是躲在姊姊房中，不敢回房，姊夫也不問他，就這樣過了一夜。

次日，李募事把許宣叫出去，來到偏僻的地方問他說：「你這個妻子是從哪裡娶來的？你老實的對我說，不要瞞我，我昨夜親眼看見她化成一條大白蛇，我怕你姊姊害怕，所以沒有說出來。」許宣於是把事情從頭到尾一一對姊夫說了一遍。李募事說：「既然這樣，聽說白馬廟前有一個戴先生，是捉蛇的能人高手，我和你去找他。」二人一起來到白馬廟前，那個戴先生正站在廟門口。許宣說：「我家裡有一條大蟒蛇，想麻煩先生幫忙捉蛇！」先生說：「你家在什麼地方？」許宣道：「過了將軍橋黑珠兒巷內李募事家就是。」並取出一兩銀子說：「請先生先收了銀子，等捉到蛇以後，另外再答謝先生。」先生收下銀子說：「二位請先回去，我收拾一下東西就來。」李募事與許宣就先回家。

那戴先生裝了一瓶雄黃藥水，一路來到黑珠兒巷門，問清楚李募事家的位置。來到門前，揭起簾子，咳嗽一聲，卻沒有一個人出來。敲了半天的門，只看一個小娘子出來問：「你要找誰？」戴先生說：「這裡是李募事的家嗎？」小娘子說：「是的。」戴先生說：「聽說府上有一條大蛇，剛才有二位先生來請我捉蛇。」小娘子說：「我們家哪有大蛇？你弄錯了吧！」戴先生說：「他們先給了我一兩銀子，說捉到蛇以後，還有重謝。」白娘子說：「沒有，不要聽他們亂哄你。」戴先生說：「沒事他們耍我做什麼？」白娘子三番兩次打發不走，焦躁起來，說：「你真的會捉蛇？只怕你捉不住！」戴先生說：「我祖宗七、八代都是呼蛇捉蛇，區區一條蛇有何難捉？」娘子說：「你說捉得到，只怕你看到了就要逃走！」戴先生說：「放心，我不會逃走，如果逃走，罰我一錠白銀。」白娘子說：「跟我來。」走到天井處，白娘子轉個彎，就走進去了。戴先生手中提著裝雄黃水的瓶子，站在空地上，沒多久，突然颳起一陣冷風，只見一條吊桶來粗的大蟒蛇，撲了過來，那戴先生吃了一驚，往後摔倒，連裝雄黃水的瓶罐都打破了，那條大蛇張開血紅大口，露出雪白尖牙，作勢要咬戴先生。戴先生慌忙爬起來，只恨爹娘少生一雙腳，連滾帶爬，一口氣跑過橋來，正好撞到李募事與許宣。許宣問：「怎麼樣？」那先生把剛才發生的事，從頭說了一遍，從懷裡取出那一兩銀子還給李募事，說：「如果不是這雙腳，我恐怕連性命都沒了。二位還是另請高明吧！」急急忙忙地離去了。許宣說：「姊夫，現在該怎麼辦才好？」李募事說：「看樣子這條蛇確實是妖怪了。赤山埠前的張成家欠我一千貫錢，你先去那裡避避風頭，跟他討一個房間先住一陣子。那妖怪找不到你，自然就會離開了。」許宣無計可施，只好答應。和姊夫回到家裡，靜悄悄地沒有半點動靜。李募事趕緊寫了書帖，連同票據放在一起，叫許宣往赤山埠去。白娘子叫許宣到房間裡，說：「你好大的膽子，又叫什麼捉蛇的來！你如果和我好好相處，我也會善意相待；如果不好好相處，就會連累一城的百姓受苦，全都死於非命！」許宣聽完，心驚膽戰，不敢出聲。帶著票據書信，一路上悶悶不樂，來到赤山埠前，找到張成，正準備從袖子拿取票據時，卻發現東西不見了，只得慌忙轉身，沿路尋找，只是找了大半天，卻什麼也沒找到。正在苦悶之間，不覺來到淨慈寺前，忽然想起那天金山寺的法海禪師曾說：「如果那妖怪再來杭州糾纏你，可以來淨慈寺找我。」於是急忙進到寺中，問寺院的和尚說：「請問和尚，法海禪師有來貴寺嗎？」那和尚說：「不曾到來。」許宣聽說法海不在，心裡更加鬱悶，走長橋邊，自言自語說：「『時衰鬼弄人』，我這條命還有什麼用？」看著湖水，準備投湖自盡，只聽得背後有人大叫：「男子漢何故輕生？有事為何不問我！」許宣回頭一看，正是法海禪師。也許是命不該盡，如果禪師再晚一點到，許宣恐怕性命不保。許宣見了禪師，連忙下跪磕頭，說：「請救弟子一命！」禪師說：「這業畜現在在何處？」許宣把經過向他細說，並說：「那妖怪如今又追到這裡，求師尊救度一命。」禪師從袖中取出一個銅缽，遞給許宣說：「你回到家以後，小心不要讓那妖怪發現，偷偷地把這個缽往她頭上一罩，切勿鬆手，要緊緊的按住，不要心慌。」

許宣拜謝禪師回家。只看見白娘子正坐在房裡，口中喃喃地罵：「不知道是什麼人挑撥我丈夫和我做冤家，要是打聽出來，要他好看！」許宣趁他不注意，從背後悄悄地往白娘子頭上一罩，用盡平生氣力壓住，白娘子竟然消失不見，隨著銅缽被慢慢地按下，許宣不敢鬆手，緊緊按住。只聽得銅缽裡說：「我和你做了幾年夫妻，居然一點情分都沒有！趕快把手放開！」許宣正不知道該如何是好，外面通報說：「有一個和尚，說要收妖怪。」許宣聽了，連忙叫李募事請禪師進來。法海禪師口裡不知唸了什麼，輕輕地掀開銅缽，只見白娘子縮成七八寸長，像個傀儡人像，雙目緊閉，縮成一堆，趴在地下。禪師大喝：「妳是什麼業畜妖怪，怎麼敢來害人、纏人？趕快細說清楚！」白娘子回答：「禪師，我是一條大蟒蛇。因為風雨大作，和青青來到西湖上安身，沒想到遇上許宣，春心蕩漾，按捺不住，才會冒犯天條，卻從來不曾殺生害命。希望禪師慈悲為懷！」禪師又問：「青青又是什麼妖怪？」白娘子說：「青青是西湖裡第三橋下，潭內千年成精的青魚。偶然遇到她，拖她陪我作伴。她也不曾害人，並望禪師憐憫！」禪師說：「念妳千年修煉，免妳一死，趕快現出原形！」白娘子不肯。禪師勃然大怒，口中念念有詞，大喝：「揭諦何在？快去幫我把青魚怪捉來，和白蛇一起現形，聽吾發落處置！」不久庭院前刮起一陣狂風。只聽一個聲響，半空中掉下一尾青魚，有一丈多長，在地上掙扎地跳動，慢慢縮成只有一尺多長的小青魚。再看白娘子時，也變回原形，變成一條三尺長的白蛇，猶自昂頭看著許宣。禪師將二妖放在銅鉢內，扯下袈裟一角，封了鉢口。拿到雷峰寺前，將銅鉢放在地下，令人搬運磚石，砌成一座佛塔。後來許宣化緣，砌成了七層寶塔，讓白蛇和青魚千年萬載都不能再出世。

許宣自願出家，拜法海禪師為師，就雷峰塔剃度為僧。修行數年之後，有一天晚上坐化圓寂而去。

關於《警世通言》

作者是明末清初的馮夢龍（1574-1646），為一部白話的短篇小說集，與《喻世明言》、《醒世恆言》合稱「三言」，更與凌濛初的兩部小說集《初刻拍案驚奇》和《二刻拍案驚奇》，並稱為「三言二拍」。《警世通言》共有四十卷，每卷為一篇短篇小說，收錄宋元的話本以及明代的擬話本故事。

有此一說：

白蛇成妖的故事流傳已久，唐代筆記小說《博異志》中就有，而現今最為人所知的《白蛇傳》，流傳至今已經成為中國民間四大傳說之一，並有許多影視改編版本。其最早的成型故事即是〈白娘子永鎮雷峰塔〉，不過情節與現在大家耳熟能詳的故事有所不同，例如白蛇身旁的「小青」並非青蛇，而是青魚精，許仙當初其實是叫許宣，而且〈白娘子永鎮雷峰塔〉故事主旨是勸誡世人別為色所迷。一直要到清代的戲曲裡，白娘子才有了名字白素貞，她和許仙變成有情人，法海則成為棒打鴛鴦的反派，此外也多了水淹金山寺、白素貞的兒子高中狀元後救出母親等情節。

靈狐三束草

出自：《二刻拍案驚奇》

明英宗天順八年間，浙江地區有一個姓蔣的客商，專門在湖南、湖北、江西一帶做生意，他的年紀大約二十多歲，儀表端莊，英挺秀美，長相俊俏，讓人心動，朋友們都說他的樣貌可以選得上駙馬，就幫他取了一個外號叫做「蔣駙馬」。他自己也以風度瀟灑自滿，對於一般世間的女孩子，向來不輕易看上眼，還說一定要是絕世美女才可以和自己配成一對。他在江湖上經商行走了好幾年，卻從來沒有遇到讓自己心動的女孩子。雖然也曾經和朋友到妓院一兩次，不過都只是娛興消遣而已。認真說起來，還可以說他是被那些煙花女子占了便宜。

有一天，蔣生來到漢陽馬口地區採買貨物，下榻在一間旅店，主人姓馬，叫做馬月溪店。那個馬月溪是當地馬少卿家裡的僕人，用主人的本錢開了這間讓往來旅客商人休息的旅店。店中有很多幽靜寬敞的房間，可以接待講究品味享受的客人，所以很多從遠方來的文人雅士都來這裡投宿。從旅店門口走過去沒幾戶人家，就是馬少卿的宅院。馬少卿有一個女兒，小名叫得雲容，取名自李白〈清平調〉的詩句「雲想衣裳花想容」，果然人如其名，長得纖柔姣美，可以說是世間少見的美女。他家院子裡有座小閣樓，可以從窗戶看到旅店門口往來的行人，那小姐有時閒著無聊，常會登樓遠望，打發時間。

有一天，馬家小姐正在靠著窗戶遠望時，恰巧被旅店裡的蔣生看見。蔣生遠遠地看到她，覺得她的美貌是這輩子從來沒看過的。他一步一步地越來越近，想要仔細看清楚，等到走近以後，看得更清晰明白，更覺得她全身上下沒有任何一點瑕疵。蔣生覺得自己的魂魄好像都飛出了九霄天外，心裡只是妄想說：「這樣美人，如果能夠和她相敘一晚，才不浪費我天生的英俊瀟灑！只是要怎麼樣才能跟她搭訕？」於是抬著頭痴痴地看到發愣出神了。那小姐在樓上看到有人盯著自己看，連忙把半邊臉藏在窗子後，另一邊則偷看著樓下的蔣生，發現是個英俊男子，也忍不住多看幾眼，好像捨不得直接迴避躲藏似的。蔣生看到那美女在樓上偷看，故意擺出許多瀟灑飄逸的姿勢，希望吸引她的注意、勾動她的芳心。一直等到那個小姐下樓離去，才獨自走回旅店。關著房門，心裡默默地說：「可惜我不會畫畫，如果會畫，一定要把她的樣子畫下來。」他隔天向店家打聽，方知道原來是馬少卿的女兒，還沒有許配給人家。蔣生心想：「人家是當官的仕宦人家，我只是做生意的商人，又是外地人，雖然她還沒有找到結婚的對象，但怎麼樣都不會願意下嫁給我這樣的人。如果只看我們兩人的外表，應該是天生一對才對，要如何才能請掌管婚姻的神明來替我做主？」

一般來說，越是淡定不容易動情的人，一旦動了情，往往有如狂風暴雨，難以自制。蔣生從此以後，不管站著坐著，腦海中都是馬家小姐的倩影，久久無法忘懷。他本來賣的就是絲綾綢緞之類的女人生活用品，於是拜託旅店裡一個小伙計替他拿著箱子，帶著他到馬家宅院裡兜售。蔣生一心只希望能遇到小姐，再見她一面。果然到宅院裡賣了兩次，馬家家眷們紛紛聚到箱子前挑選翻看，當面討價還價。那小姐雖然沒有直接露臉來買東西，但也跟在人群裡，遮遮掩掩地挑選物品，有時也會用眼睛偷瞄蔣生，兩人偶爾會四目相交。蔣生回到旅店後，更加把持不定，長吁短嘆，只恨身上沒有長出翅膀，可以飛到她的閨房裡找她，半夜裡更是不知道做了多少春夢。

蔣生日思夢想，從早到晚都止不住思念。有一天晚上，關了房門，正準備獨自去睡，只聽到房門外傳來一陣腳步聲，有人輕輕叩著房門。蔣生還好尚未熄燈，急忙把燈挑亮，開門看看是誰，只見一個女子迅速地從門外閃入房間。他定睛仔細一看，正是朝思暮的馬家小姐。蔣生吃了一驚，心想：「難道我又在做夢嗎？」於是深呼了幾口氣，又揉一揉眼睛，確定不是在做夢。燈火明亮，真真切切地與美麗的小姐面對面。蔣生正驚疑不定，不知道是真是假，小姐看出他的心意，先開口說：「郎君不必覺得奇怪，我乃是馬家小姐雲容。承蒙郎君垂青厚愛，我也注意您很久了，今晚趁著家裡有空檔，用計偷偷溜出重門，我還不至於太過醜陋，希望能陪伴郎君夜晚的孤寂。郎君不要因我自動獻身而輕視嘲笑我，就是我的幸運了。」蔣生聽完，真的就如同餓了久突然得到食物、渴了好久突然得到泉水，好比劉晨、阮肇入天台山，下界的凡夫俗子遇到天上的仙女一樣，幸運獲得的快樂，難以用言語形容。連忙關好房門，牽著手一起上床，享受男女歡好之樂。

雲雨結束以後，小姐仔細地叮嚀說：「我見郎君英俊，無法把持自己，才主動獻身於你。然而我的母親向來剛烈嚴厲，一旦得知風聲，恐怕會有無法預測的禍事發生。郎君此後千萬不可以隨便到我家門前，也不可以到附近閒逛，以免被別人看破我們兩人的關係。只要每天夜晚虛掩著房門等我，等大家都睡著以後，我一定會來找你。千萬不要輕易向別人洩漏，我們兩人才可以長久歡好。」蔣生立即答應說：「我只是個外鄉來的客商，一看到妳的芳容，忍不住朝思暮想到快要發狂死去。雖然在夢中與妳相遇，但終究只是幻夢一場，哪裡想到妳居然不嫌棄我，願意看上我這麼鄙陋的人，得以同床共枕，極盡人間最快樂的事，小生今天就算死也瞑目了。何況妳開金口吩咐叮嚀，我哪裡敢不記在心底？我從今天起足不出戶，口不輕言，一個人默默守在房裡，直到半夜，等候小姐光臨相聚。」天還沒亮，小姐起身，再三約定了夜間相會的時間，然後別去。

蔣生自己覺得像遇到仙女下凡，心中無限快樂，只是不能把這樣的快樂告訴別人。馬家小姐總是夜裡來，天明前離去，蔣生緊守著吩咐，果然不再輕易外出，只怕不小心露出形跡，辜負與小姐的約定。蔣生年輕體壯，雖然精神旺盛，竭力縱欲，並沒有特別覺得疲倦，而那小姐雖然初識男女滋味，卻像能征慣戰一樣，任憑莊生提出男女交歡的要求，從不推辭，而且彷彿沒有滿足的時候；蔣生反倒時時有怯敗之意，那小姐竟然像是不要睡覺似的，一夜夜不曾休息。蔣生心裡愛她愛得緊，看她如此高興，只認為是深閨少女，從不知男子之味，因為兩情相愛，所以毫不避忌，順著性情喜好做事，難得這樣的真心真意，一起快活享受。蔣生只怕侍奉不周，不能滿足她，完全不把自己的身體放在心上，拚著性命做，就算精洩不止，死了也甘願。兩人纏綿多時，蔣生也漸漸覺得有些倦怠，臉色容貌看起來日漸憔悴。

蔣生的朋友看到蔣生常常在白天裡閉門昏睡，很少出外活動。有時候稍稍走出來，總是呵欠連連，好像半夜都沒睡似的。但又不曾看見他找人夜飲，所以也不是宿醉；也不曾看見他留連妓院酒館，所以不像是害了色病，總之不知道為什麼會這樣。而且每次帶著他去喝酒或宿娼，在天黑以前一定要回到旅店裡，從不肯在外邊多做停留。眾人心裡多所懷疑，聚在一起討論說：「蔣生這個行徑，一定是心裡有事的樣子，猜想是背著人做了些什麼不明的勾當了。我們一起約一約，晚上去觀察他的動靜，一定要捉破他。」當夜天色剛暗，馬家小姐已來。蔣生將她藏在房裡，擔心朋友們起疑心，反而走出來和大家談笑一會，一起喝了幾杯酒；一直等到大家都散了，然後才關上房門，進來與小姐上床。上床以後，兩人盡情交歡，發出歡愉的呻吟聲，也管不得是否有旁人聽見，而且幾乎沒有休息停歇的時候，躲在外邊朋友聽到了以後，七嘴八舌地說：「蔣駙馬不知道去哪裡弄來這個女人在房裡享受，而且居然還這樣久戰不衰？」一個個聽得面紅耳赤，慾火難耐，各自回房去睡了。

第二天一大早起來，大家說：「我們到蔣附馬房門前守候，看看什麼人從房裡出來。」一走到房門外，看到房門虛掩，於是大家推門進去。只有蔣生獨自睡在床上，並沒看到其他人。眾朋友疑惑著說：「跑到哪裡去了？」蔣生故意裝迷糊說：「什麼東西跑到哪裡去了？」友人們說：「昨夜與你纏綿相好的女人。」蔣生說：「哪有什麼女人？」友人說：「我們大家都聽見的，你還想抵賴不承認？」蔣生說：「你們是見鬼了吧！」友人們說：「我們才沒有見鬼，只怕是你遇到鬼了。」蔣生說：「我如何遇到鬼？」友人道：「你半夜與人交歡，聲音大到外面都聽得到，一大早卻看不見有人，這不是鬼是什麼？」

蔣生知道他們昨夜來偷聽，還好小姐起得早，離去後沒有留下痕跡，沒被他們看見，實在慶幸。於是他隨便找理由搪塞，支支吾吾地說：「不瞞眾位兄弟，小弟隻身外出，加上年輕血氣方剛，寂寞難耐，晚間上床後，實在忍耐不住，學作交歡的聲音，以解身上慾火。其實只是自己幻想，不是真的和人在裡面交合。這話說起來實在慚愧惶恐，請眾兄弟不必疑心。」友人們說：「我們也多是急色的人，如果真的是這樣，哪有什麼好害羞惶恐的？只不要是著了什麼邪妖，就不是什麼要事。」蔣生道：「並無此事，請大家放心。」友人們雖然還半信半疑的，但也就沒再多說什麼了。

不久，蔣生身體漸漸支撐不住，一日比一日疲倦，他自己也有點覺得不對勁了。友人中有一個人叫做夏良策，與蔣生最為交好。看到蔣生如此，心裡替他耽憂，特地來對他說：「我和你都是出外的人，只求能夠平安，就是大幸。現在你面黃肌瘦，精神恍惚，語言錯亂。加上我常聽到你晚上在房裡，每每與人切切私語，其中必有作怪可疑的事。你雖然不肯跟我們說實話，但將來一定會出事，這是關係性命的大事，非同小可，可惜你這樣英俊瀟洒，要是葬送在他鄉外地，我們於心何忍？何況我向來受你照顧，真的有什麼事就跟我討論，多一個人想辦法也好，何必苦苦相瞞？我可以發誓不和別人說就是了！」

蔣生見夏良策說得誠懇真切，只得與他實話實說：「你如此重情重義，我也不好再對你隱瞞。這間旅店主人馬少卿的小姐，和我有些情緣。夜夜私下來與我歡會。兩人都情竇初開，不免縱慾過度，我沒能克制自己，才導致弄壞身體。只是我的性命還是小事，如果這件事不小心走漏風聲，那小姐的性命恐怕也保不住了。因此再三叮嚀我要慎言，小弟也不敢所有透露。現在雖跟你說了，請你千萬不要漏洩，不然我就辜負小姐了。」

夏良策大笑說：「你錯了啦！馬家是官宦人家，宅院圍牆高大，大門深鎖，小姐怎麼可能每夜偷偷溜出來？況且旅館之中，人來人往，一個女子來來去去，雖然是深夜，難道都不用擔心被其他人撞見？所以這個人一定不是馬家小姐。」蔣生說：「馬家小姐我是親眼看過、認得的，這個人明明就是她，哪裡需要懷疑？」夏良策說：「聽說這附近常有狐妖出沒，很擅長變化來迷惑人，你遇到的一定就是狐妖了。你再來應該要特別謹慎小心、自重自愛。」然而蔣生哪裡肯信？

夏良策見他執迷不悟，左思右想了一夜，心裡生出一計：「我一定要她露出馬腳來，蔣生才肯相信。」夏良策來對蔣生說：「我有一句話跟你說，不會妨礙你的好事的，你一定要依我的話去做。」蔣生說：「你要我做什麼？」夏良策說：「我這裡有個東西，能夠分辨正邪善惡。你等那個小姐今夜來的時候，送給她帶回去。若真是馬家小姐，當然沒什麼關係；如果真的不是，至少要知道她的去處。這件事對你不會有任何妨礙，你應該要以自己的性命為重，自己留心注意。」蔣生說：「這樣倒是可以。」

夏良策就拿了一個小麻布袋，裡面裝著一袋東西，遞給蔣生，蔣生收在袖子裡。夏良策再三叮囑說：「千萬不可忘記了！」蔣生不知道他有什麼用意，但自己心裡也有些懷疑，就決定依他的指示，想說試一試應該也沒什麼大礙。當天夜裡小姐到來，兩人歡會了一夜，等到快天亮時，蔣生記起夏良策的叮囑，就將麻布袋拿出來送給她說：「我有一點小東西送給妳帶回去，等到房裡再慢慢看。」那小姐也沒問是什麼東西，聽說是送給她的，就高興地拿走，獨自回去了。蔣生睡到太陽高掛天空，才披著衣服起來，只看到床面前有很多碎芝麻粒，沿路出去，灑到外面。蔣生恍然大悟：「夏兄對我說，袋子裡的東西可以分辨邪正，原來是一袋碎芝麻。芝麻那里是辨別得邪正的？他以粗麻布做袋子，就是故意讓碎芝麻撒出來，就可以沿路看她來去的蹤跡，這就是教我辨別邪正的方法了。我現在跟著這些芝麻的蹤跡找去，好歹可以知道她的住處，就知道是不是馬家小姐。」

蔣生沒有跟其他人說，只有自己在心裡盤算，暗暗跟著地上有芝麻的地方走。眼見芝麻粒不是往馬家的方向去，就知道不是他家出來的人了。一路上彎彎曲曲的，穿過樹林和原野，芝麻不曾中斷，一直跟到大別山下，看到山邊有個有個洞穴，芝麻一直撒到洞裡去。蔣生覺得有些詫異，捏著一把冷汗，向洞口走了進去，果然看見一隻狐狸，身邊放著那個麻布袋，就倒著頭在那裡鼾睡。

蔣生一看見後大為吃驚，不自主地大喊：「來魅惑我的，原來是這個妖怪！」那狐狸極有靈性，雖然熟睡，還是很警覺，一聽到有人的聲音，快速地變幻身形，仍然是人的形貌。蔣生說：「我已經識破妳的原形，現在又變成人要做什麼？」那狐狸走向前，牽著蔣生的手說：「郎君不要怪我！我被你看破蹤影，也就是緣分盡了。」蔣生見她仍然是馬家小姐的樣子，心裡十分不捨。那狐狸說：「我想讓郎君知道，我在此山中修道，已經快要有千年了，必須與人雌雄交合，才能煉成內丹。先前看到郎君挺拔英俊，一直想要向你借取元陽，只是找不到門路，偶然得知郎君對馬家小姐一見鍾情，苦心思慕，所以才傚仿她的樣貌，前來與你交合。一來解郎君的相思之情，二來成就我修煉之事。如今露出原形，不能再來相陪，只能從此永別了。只是我們兩人往來已久，跟你之間不能說完全沒有感情。你的身體因為我而憔悴生病，我理當為你治療。那個馬家小姐既然是你真心所愛，我又假託她的形貌，讓你恩寵多時，我也不能漠不關心，應該為你想方設法，讓她成為你的妻子，以了卻你的心願，就當做是我對你的回報。」

說完，就在洞裡用手摘了一把奇特的草，並綁成三束，對蔣生說：「把第一束草用水煎了，拿來把身體洗一洗，可以讓你的精氣充足，壯健如初；第二束悄悄地撒在馬家門口的暗處，馬家小姐就會生起癩病來；然後把第三束拿去煎水，再讓她洗濯身體，就可以治好癩病，那小姐自然會嫁給你了。你們新婚相好的時候，不要忘記我做媒的恩情。」於是把三那束草一一交給蔣生，蔣生小心收好。那狐又吩咐說：「切記！切記！這件事千萬不要對別人說，我要就此離開了。」說完，就變回狐形，跳躍著離開，不知到哪裡去了。

蔣生又驚又喜，小心翼翼地把三束草收藏好，走回旅店，請店家燒了一鍋熱水，悄悄地放入一束草，煎成藥湯。當天晚上從頭到腳仔細洗乾淨，果然神清氣爽，精力充健，接著熟睡了一整晚；第二天起床，照鏡子一看，原本臉上萎黃的氣色，全部都不見了，這才知道仙草果真靈驗，於是記住狐妖的叮嚀，小心謹慎地守住祕密，不向其他人說。夏良策來問昨天詢訪的結果，蔣生只說：「我一直找到水邊就打住了，沒有再繼續深究，猜想應該就是妖怪，既然已經被我看破，從此不會再與她往來了。」夏良策看他的氣色容貌恢復正常了，安心地說：「你的心思端正，臉上的病色就退去了，可見是個妖魅。今後不要再被她迷惑，應該就沒事了，我們也就放心了。」蔣生口裡不停道謝，卻沒有把真心說出來，只是依著狐妖的話，謀籌著自己未來的事。

蔣生帶著第二束草，等到黃昏人靜後，走去馬少卿家門前，對著門檻底下及牆角暗處，各自撒了一些，接著就返回旅店裡，等待消息。果然不到兩天的時間，就聽到四處傳說著馬家雲容小姐生了癩瘡，剛開始只有二三塊，雖然嫌惡，但沒有放在心上，漸漸地渾身長滿癩瘡，到處是膿包，又痛又癢，無法忍受，而且散發惡臭。一個絕色美女變得人人避之唯恐不及，父母無計可施，小姐則是求死不得。請了外科大夫來醫治，說是小病，敷藥就好，結果依照大夫說的方法敷治，沒過一會，全身就像針刺一樣疼痛，只好趕快把藥洗掉；又有內科醫家前來診治，說要內裡服藥，調得血脈順暢後，風氣消散，自然就會痊癒，結果聽了醫師的話，煎藥日服兩三劑，除了把脾胃燙壞，竟然完全沒有功效。內外科爭執不休，輪流診治，今日換方，明日改藥，但是病情卻絲毫未見好轉。最後馬少卿大張貼告示說：「有人能醫治小女痊愈者，贈銀百兩。」於是各地醫生得到消息，竭盡平生之力，查盡各種祕藏之書，卻依然沒有任何見效，而小姐已經被搞得是十死九生，奄奄一息了。

馬少卿束手無策，對妻子說：「女兒得了不治的怪病，現在幾乎快變成廢人。現在即使祭出重賞，還是沒有人能醫得好，不如放手一搏，如果有能夠醫治此病的人，就把女兒嫁與他為妻，再倒貼點嫁妝，招他入贅。女兒向來頗有美名，或許有愛慕她的人，會願意獻奇方來救她也不一定。如果一定要門當戶對，也許女兒就這樣病死了；就是僥倖不死，這樣一個癩人，也很難嫁人。不如這樣，可能還有點希望。」於是在大門公告說：「小女雲容染患癩疾，所有人只要能以奇方醫治奏效的，不論門戶高低，或是家住遠近，就把女兒嫁給他，招贅為我的女婿。立此公告為證！」

蔣生在旅店裡，先是得知小姐病癩，出榜招醫，心裡暗暗稱快。然而公告只說重賞，未提到婚姻之事，不敢輕易前往醫治，就怕自己是遠地客商，他日就算醫好了，只有金帛酬謝，未必肯把女兒下嫁，所以暫時忍住衝動，藏著最後一束仙草，靜靜地觀察他家的狀況。果然聽說癩病一直無法治癒，馬家換貼新的公告榜文，明白說醫好病的招贅為婿。蔣生拍手說：「這下子計劃成功了！」立即去撕下門前榜文，自稱能夠醫治小姐的病。守門人看見了，不敢稍有延誤，立刻飛奔進去通報。馬少卿親自出來接見，看到蔣生一表人才，先暗自高興了一下，問說：「請問你有什麼妙方，可以醫治小女？」蔣生說：「小生的本業不是醫生，只是曾經偶遇奇人傳授仙草，專治癩疾，可以手到病除。只是小生不愛金帛，只希望您不會食榜上之言，小生自當盡力為小姐醫治。」

馬少卿說：「我只有這個女兒，不論品德或容貌都是萬中選一的，不幸突然得了這個怪病，已經快變成廢人。如果你能夠施展妙手，起死回生，榜上說的話，當然不會食言，一定會依約把小女嫁給你為妻。」

蔣生說：「小生原籍浙江，遠隔異地，又是經商之人，沒讀過多少書，只怕有辱貴府門風。今天小姐因為病重，所以捨得許婚；將來若是病醫好了，萬一突然反悔，小生所期望的事，豈不就付諸流水？所以要先說清楚。」

馬少卿說：「江浙是大地方，不是什麼蠻荒地區；經商也是正當職業，不是作奸犯科的盜賊；看你的氣度體魄，也不是什麼低三下四之人。更何況我先說好了，不管居住遠近或是身分高低，全都不管，只要能把病醫好，我好歹是個有頭有臉的人物，怎麼會為了醫治女兒就做出背信爽約之事？請你直接用藥，不用擔心遲疑！」

蔣生眼看馬少卿說得堅定誠懇，就用那一束草煎起熱湯來，讓小姐洗澡。小姐一聞到藥草的香氣，就覺得通體舒暢，接著浸入浴盆，搓洗全身，奇怪的事就來了，藥湯所浸泡的地方，疼的不疼了，癢的不癢了，從骨子沁出一陣清涼，無法用言語形容。小姐把膿汙洗盡，出了浴盆，立刻覺得身子輕鬆了一半；躺在床上好好地睡了一晚，第二天醒來，發現瘡痂開始剝落，粗皮層層脫下來。又過了三天，身體就完全好了。最後再用清水洗過一遍，只覺得皮膚光滑得像玉一樣，甚至比以前更加細嫩。

馬少卿非常高興，請人詢問蔣生下榻住宿的地方，原來就住在自家僕人的旅店中，立即派人把蔣生請來家中，整理一間書房給他住下，等候挑選一個好日子，就要把女兒嫁給他。蔣生欣喜若狂，把放在旅店裡的行李搬過來，住在書房，等候與小姐成婚的佳期。馬家小姐感激蔣生治好自己的怪病，聽說自己就要嫁給他，心中雖然願意，但不知道他長得怎麼樣，於是叫婢女梅香去探聽。得知原來就是先前曾到家裡賣過綾絹的商人，記得他長得眉清目秀，心裡就放心許多。等到吉日來臨，馬少卿信守約定，為兩人主持婚禮。兩人郎才女貌，又是青春年少，你情我愛，不在話下。

有一天，馬小姐說：「你是外地人，竟然能夠入贅到我家裡，多虧上天讓我生了這個怪病，才能成就這段姻緣。那個仙草祕方，也算是我和你的媒人，是誰傳給你的？不可以忘了他的恩情。」蔣生笑說：「是有一個媒人，只是現在也沒辦法向他道謝了。」小姐說：「你說的是哪一個？現在在哪裡？」蔣生不好說是狐妖，隨口撒謊說：「因為自從我不小心瞥見你的芳容後，每天日思夢想，寢食俱廢，結果誠心感動了一位仙女，假託你的樣子，與我往來了多時，後來被我識破，他才告訴我真相，並說妳可能會遇到劫難，就把一束仙草傳給我，讓我來救妳，說我們應當有姻緣之分。現在果然應證她說的話，她不就算是我們的媒人嗎？」

小姐說：「難怪你看到我像舊識一樣，原來曾有人假冒我的樣子。她現在去哪裡了？」蔣生說：「她是仙家，被識破以後就沒有再來了，也不知道他在哪裡。」小姐說：「她冒用我的相貌，差點破壞我名聲，但也多虧她救我一命，成就我們兩人的姻緣，也算是我的恩人了。」蔣生說：「她是個仙女，恩與怨都不會掛記在心上。只是我和妳注定要做夫妻，才會遇得這樣的仙緣，稱心滿意。只是慚愧我沒什麼才能，讓妳委屈了。」小姐說：「夫妻之間，不要說種話。更何況我本來是垂死之人，你對我有起死回生的大恩，我本來就該終身服侍你來回報，嫁給你我一點也不委屈！」從此之後，兩人如魚似水、如膠似漆，蔣生也不打算回家鄉，就此住在馬家，夫妻偕老。

蔣生的那一群朋友，聽說他入贅到馬少卿家，大多不知道發生了什麼事。只有夏良策曾聽蔣生說過馬小姐的事，後來又說是妖魅變化的，如今竟然真的成為馬家的女婿，也不明白當中的細節。大寥都來向蔣生祝賀恭喜，夏良策私下詢問蔣生。蔣生隱瞞用草讓馬小姐長癩瘡的部分，只說：「日前偽裝成馬小姐的，是大別山的狐精。後來夏兄精心布下芝麻之計，讓我追尋她的蹤跡，發現她的真實面目。她因此贈送我藥草，讓我去醫治馬小姐，成就這段姻緣。小弟今天的喜事，都狐精的功勞啊！」眾人聽到後，都大為稱奇，並說：「我們過去一直戲稱你為蔣駙馬，現在你在馬口地方作客，住在馬月溪的旅店，最後還成為馬少卿家的女婿，始終離不開一個『馬』字，可見這冥冥中也是天意，才會藉由這個狐精，成就這一段姻緣。駙馬的稱呼，可以說是事先的預言了。」於是大家把這件事傳為佳話。

關於《二刻拍案驚奇》

作者是明代的凌濛初（1580～1644），是一本短篇白話小說集，故事來源多出自前人的筆記、野史與戲曲，由作者重新改寫，對明代風俗、社會生活和官場內幕等多所著墨。凌濛初另有一本《初刻拍案驚奇》，二者並稱為「二拍」；另外同時代的馮夢龍有《喻世明言》、《警世通言》、《醒世恆言》三本短篇小說，合稱為「三言二拍」。

向人求醫的狼

出自：《聊齋志異》

太行地區的毛大福，是專門治療瘡傷的外科醫生。有一天外出替人治病，在回家的路上，遇到一隻狼，嘴裡叼著一個小布包，一看到毛大福，就把布包吐在地上，並蹲在道路旁邊。毛大福撿起布包來看，發現裡面包著幾件金飾，正覺得奇怪的時候，狼突然走向前，好像很高興似的在他身邊左右跳躍，又輕輕地叼了一下毛大福外袍的衣角，然後就往後跑開。毛大福不知道牠是什麼意思，正準備離開時，狼又跑過來叼著他的衣服，彷佛要毛大福跟著牠走；毛大福覺得牠應該沒有惡意，於是跟在牠的身後，過沒多久，來到一個洞穴，看到一匹狼生病躺在地上，仔細一看，狼的頭頂上長了一個巨大的膿瘡，而且已經潰爛長出蛆蟲。毛大福立刻明白狼帶他來這裡的用意，便細心為病狼清理膿瘡、剔除蛆蟲，最後小心翼翼地敷上藥膏才離開。這時候，天色已經晚了，狼遠遠地跟在後面送他離開。走了大約三、四里路左右，突然有幾匹狼圍了上來，大聲嘶吼咆哮著作勢要攻擊毛大福。毛大福非常害怕，不知道該怎麼辦，這時候跟在後面的狼衝入狼群之中，彷佛說了些什麼，其他的狼隻就都散開離去了，毛大福才安全回家。

在這件事以前，縣裡有個賣銀飾的商人名叫寧泰，遭遇強盜搶劫，被殺死在路上，身上財物也被洗劫一空，但一直沒有找到凶手。剛好毛大福出售從狼那裡獲得的首飾，被寧家的人認出是寧泰被搶的物品，於是將毛大福扭送到官府。毛大福說明獲得首飾的經過，但縣官仍不相信，把他嚴刑拷打。毛大福滿腹的冤屈，卻無法申辯來證明自己的清白，只好懇求縣官暫時釋放他，讓他去詢問那匹狼來替自己作證。縣官於是派遣兩個衙役，押著毛大福上山，一路來到當天替狼治病的洞穴；然而找遍洞穴卻絲毫沒有半點狼的蹤影，一直等到天黑狼還是沒有回來，三人只好先放棄下山。走到半路，迎面遇到兩匹狼，其中一匹狼的頭頂還看得到膿瘡的疤痕，毛大福認出牠就是當天自己醫治的狼，向前行禮說：「先前承蒙你贈送我禮物，結果現在我卻因為這些禮物被拘捕，如果你不能替我澄清證明，讓我洗刷冤屈的話，我回去可能就被拷打至死了。」狼看到毛大福被繩子綁住，憤怒地衝向兩個衙役，衙役連忙拔出佩刀抵擋，狼於是用嘴巴頂著地面，大聲嗥叫起來，才叫了兩三聲，只見從山的四面八方中竄出了上百匹狼，圍成一個大圈，將衙役團團包圍起來，衙役被圍困在中間，不知如何是好，非常困窘狼狽。有瘡疤的狼突然衝上前咬著捆綁毛大幅的繩索，衙役明白狼的用意，只好替毛大福鬆綁，狼群這才四散離去。

衙役們回到縣城，把路上發生的事向縣官稟告，縣官也覺得不可思議，但還是沒有馬上釋放毛大福。又過了幾天，縣官外出巡視，突然有匹狼叼著一隻舊鞋丟在道路中間，縣官沒有理會，繼續前進，狼又叼著鞋子跑到縣官前面，重新把鞋子丟在路上，縣官覺得很奇怪，命人收下鞋子，狼這才心滿意足地離開。縣官回去之後，暗中派人調查尋找鞋子的失主，有人說某個村莊有個砍柴的人，在山裡砍柴時被兩匹狼追趕，把他的鞋子叼走以後就跑了。縣官派人把砍柴的人拘提來認鞋子，果然就是他的；縣官懷疑這個人一定是殺害銀商寧泰的凶手，於是加以審問，果然他就是凶手。原來這個人殺死了寧泰，洗劫了他身上的錢財，但沒有搜出寧泰藏在衣服內裡的金飾就離開了，結果金飾被狼叼去，才有這件事情發生。

從前，有個幫人接生的產婆，出門要回家的路上，遇到一匹狼擋路中間，拉住她的衣服作勢要她跟著走。產婆跟著狼走，看見有一匹母狼難產，腹中的胎兒生不出來。產婆為母狼用力按摩，直到順利生下小狼後，狼才放她回家。第二天，狼叼來鹿肉放在產婆家的院子裡來報答她。可見這樣的事情是自古以來就常常發生的。

◈太行毛大福，瘍醫也。一日行術歸，道遇一狼，吐裹物，蹲道左。毛拾視，則布裹金飾數事。方怪異間，狼前歡躍，略曳袍服即去。毛行又曳之。察其意不惡，因從之去。未幾至穴，見一狼病臥，視頂上有巨瘡，潰腐生蛆。毛悟其意，撥剔淨盡，敷藥如法，乃行。日既晚，狼遙送之。行三四里，又遇數狼，咆哮相侵，懼甚。前狼急入其群，若相告語，眾狼悉散去。毛乃歸。

先是，邑有銀商寧泰，被盜殺於途，莫可追詰。會毛貨金飾，為寧所認，執赴公庭。毛訴所從來，官不信，械之。毛冤極不能自伸，惟求寬釋，請問諸狼。官遣兩役押入山，直抵狼穴。值狼未歸，及暮不至，三人遂反。至半途，遇二狼，其一瘡痕猶在。毛識之，向揖而祝曰：「前蒙饋贈，今遂以此被屈，君不為我昭雪，回去搒掠死矣！」狼見毛被縶，怒奔隸。隸拔刀相向。狼以喙拄地大嗥，嗥兩三聲，山中百狼群集，圍旋隸。隸大窘。競前齧縶索，隸悟其意，解毛縛，狼乃俱去。

歸述其狀，官異之，未遽釋毛。後數日，官出行。一狼銜敝履委道上。官過之，狼又銜履奔前置於道。官命收履，狼乃去。官歸，陰遣人訪履主，或傳某村有叢薪者，被二狼迫逐，銜其履而去。拘來認之，果其履也。遂疑殺寧者必薪，鞫之果然。蓋薪殺寧，取其巨金，衣底藏飾，未遑收括，被狼銜去也。

昔一穩婆出歸，遇一狼阻道，牽衣若欲召之。乃從去，見雌狼方娩不下。嫗為用力按捺，產下放歸。明日，狼銜鹿肉置其家以報之。可知此事從來多有。

關於《聊齋志異》

作者為蒲松齡（1640～1715），清代著名的文言小說集，堪稱文言小說的顛峰之作。全書共有將近五百篇故事，內容大多是鬼魅妖狐的幻想故事，主題大致有對愛情的歌頌、對官場的抨擊，對司法等社會黑暗面的揭露，以及對世情的諷喻。對後世的小說、戲劇、電影等創作有深遠的影響。

認錯贖罪的趙城虎

出自：《聊齋志異》

趙城有個老太婆，年紀已經七十多歲了，只有一個獨生子。有一天，兒子上山砍柴時，竟然被老虎吃掉了。老太婆得知這個噩耗，肝腸寸斷，傷心悲痛到幾乎快要活不下去了。老太婆愈想愈不甘心，於是到趙城縣府哭著向縣官告狀。縣官聽完忍不住笑了出來，他面有難色地對老太婆說：「朝廷的法律怎麼能管得到老虎呢？」老太婆聽了以後號啕大哭起來，誰也無法讓她停止哭泣，就連縣官大聲斥責她，她也不害怕，彷彿豁出去似的把一生的悲苦都哭出來。縣官同情她年邁又無依無靠，不忍心對她施加威嚇責罰，於是暫時敷衍說會為她去捕捉老虎，但是老太婆還是趴在地上不肯離開，一定要親眼看到縣官正式發布拘捕老虎的公文，等奉命拘捕老虎的差役出發，才肯離去。縣官實在沒辦法，只好問手下的差役：「有誰願意上山捕捉老虎？」有一個名叫李能的差役正好喝了一些酒，在幾分醉意的驅使下，醉醺醺地走到縣官前面說：「我可以，交給我吧！」說完就拿著公文走了，老太婆這才肯離開。

李能酒醒以後覺得很後悔，但心想縣官應該只是做做樣子，目的是要安撫老太婆，免得她一直在官府裡大吵大鬧，因此就不以為意，沒有把這件事放在心上，他拿著公文回縣衙，打算隨便交差了事。縣官生氣地說：「捕捉老虎是你自己主動請命接下的，現在怎麼能像兒戲一樣隨便反悔？」李能覺得很尷尬，只好硬著頭皮請求縣官再下一道公文，希望能找獵人們一同前往，縣官答應了。於是，李能召集獵人，日夜在山谷裡埋伏，希望至少捕捉到一隻老虎來交差。但一個多月過去了，還是沒有任何收穫，也因為無法完成任務，李能受到杖擊百下的責罰，他覺得很委屈，心中的悲苦無處訴說，於是到城東的山神廟，跪著向神明祈求，忍不住痛哭失聲。

過沒多久，一隻老虎突然從外面進來，李能嚇了一大跳，害怕會被老虎吃掉。老虎進廟以後，什麼都不理會，只是默默地蹲坐在門邊。李能大著膽子對老虎說：「如果是你吃了老太婆兒子，你最好乖乖讓我逮捕。」老虎低著頭，完全沒有要反抗的意思，李能拿出捆綁犯人的黑色繩索套向老虎的脖子，老虎竟然完全沒有抗拒，垂著耳朵讓他捆綁。李能小心翼翼地把老虎牽回縣衙。縣官審問老虎說：「老太婆的兒子是被你吃掉的嗎？」老虎微微點頭。縣官又說：「殺人的要判處死刑，這是自古以來的法律規定；況且老太婆只有這麼一個兒子，如今你把他吃掉了，老人家所剩的壽命不多，你要她往後的日子依靠什麼生活呢？如果你願意當老太婆的兒子，照顧她的餘生，我就赦免你吃人的罪過。」老虎又微微點頭，縣官就派人幫老虎鬆綁，讓老虎離去。

老太婆抱怨縣官沒有把老虎殺了來為她兒子償命，但天亮後，一早打開房門，就看到門外有一頭死鹿，她於是去市場把鹿皮、鹿肉賣了，用來支付日常生活所需的費用。從此以後，老虎常常把獵捕到的動物送給老太婆，有時則啣了金銀財物或絲綢布匹放在她的院子裡。老太婆從此過著衣食無憂的生活，老虎對她的供養超過了她的兒子，她心中暗自感激老虎；有時候老虎來了，就躺在屋簷下，一整天都沒有離開，老太婆和老虎相安無事，彼此都沒有猜忌懷疑。

幾年後，老太婆壽終正寢，老虎來到老太婆家，在大廳中悲吼。老太婆平日所存下的錢財，用來支付安葬費用還綽綽有餘，家族的人於是一起幫她辦理後事，墳墓才剛蓋好，老虎突然出現，把來弔唁的賓客全部都嚇得逃走了。老虎獨自來到老太婆的墳前，像打雷聲似的仰天嚎叫，過了很久才慢慢離去。後來，當地人在趙城的東郊立了一座「義虎祠」，一直到現在還在。

◈趙城嫗，年七十餘，止一子。一日入山，為虎所噬，嫗悲痛幾不欲活，號啼而訴於宰。宰笑曰：「虎何可以官法制之乎？」嫗愈號咷，不能制止。宰叱之，亦不畏懼，又憐其老，不忍加威怒，遂諾為捉虎。嫗伏不去，必待勾牒出，乃肯行。宰無奈之，即問諸役誰能往者。一隸名李能，醺醉，詣座下，自言能之，持牒下，嫗始去。

隸醒而悔之，猶謂宰之偽局，姑以解嫗擾耳，因亦不甚為意，持牒報繳。宰怒曰：「固言能之，何容復悔？」隸窘甚，請牒拘獵戶，宰從之。隸集諸獵人，日夜伏山谷，冀得一虎，庶可塞責。月餘，受杖數百，冤苦罔控，遂詣東郭嶽廟，跪而祝之，哭失聲。

無何，一虎自外來，隸錯愕，恐被咥噬。虎入，殊不他顧，蹲立門中。隸祝曰：「如殺某子爾也，其俯聽吾縛。」遂出縲索縶虎頸，虎帖耳受縛，牽達縣署。宰問虎曰：「某子爾噬之耶？」虎頷之，宰曰：「殺人者死，古之定律。且嫗止一子，而爾殺之，彼殘年垂盡，何以生活？倘爾能為若子也，我將赦之。」虎又頷之，乃釋縛，令去。

嫗方怨宰不殺虎以償子也。遲旦啟扉，則有死鹿，嫗貨其肉革，用以資度，自是以為常，時啣金帛擲庭中。嫗由此致豐裕，奉養過於其子，心竊德虎。虎來時，臥簷下，竟日不去，人畜相安，各無猜忌。

數年，嫗死，虎來，吼於堂中。嫗素所積，綽可營葬，族人共瘞之。墳壘方成，虎驟奔來，賓客盡逃，虎直赴冢前，嗥鳴雷動，移時始去。土人立「義虎祠」於東郊，至今猶存。

祭祀青蛙神的信仰

出自：《聊齋志異》

在長江、漢水一帶的地區，民間祭祀青蛙神十分虔誠。廟宇、祠堂裡所供奉的青蛙，加起來不知有幾百、幾千、幾萬隻，甚至有大得像竹籠的青蛙。如果有人觸怒了青蛙神，家裡面往往就會出現許多異常現象，像是有青蛙在桌子、床鋪之間遊走、閒逛，甚至爬上光滑的牆壁卻不會墜落下來，各種狀況都不一樣，這些異象代表著這戶人家將有禍事臨門，引起人們的恐慌，連忙宰殺牲畜獻給青蛙神，並且祈福消災，如果青蛙神高興，這家人就能夠平安無事。

湖北地區有一個人叫做薛昆生，從小就很聰明，長得俊美秀氣。在六、七歲的時候，有一個穿著青色衣服的老婦人到他家拜訪，說自己是青蛙神的使者，替青蛙神傳達旨意，希望將青蛙神的女兒許配給薛昆生。薛昆生的父親個性純樸仁厚，不願意答應這門親事，就以自己的兒子年紀還小，婉拒了這門親事。薛家拒絕青蛙神的求親以後，也不敢隨便和別的人家訂親。

過了幾年，薛家慢慢淡忘這件事，薛昆生也漸漸長大，於是向一戶姜姓人家提親下聘，青蛙神警告姜家說：「薛昆生是我的女婿，你們怎麼敢來跟我搶女婿？」姜家很害怕，連忙把聘禮退還給薛家。薛昆生的父親很擔憂，帶著潔淨的供品到廟裡向青蛙神祈禱告解，說自己只是一介凡人，不敢和神仙結為親家。祭祀完畢後，他發現酒菜中出現了許多巨大的蛆蟲，不停蠕動，嚇得他把酒菜全部倒掉，並趕緊向青蛙神謝罪後就回家了，但心裡更加惶恐不安，只好暫時不再提起兒子的婚事。

有一天，薛昆生獨自走在路上，一個使者迎上前來，說是傳達青蛙神的旨意，極力邀請他前去做客。薛昆生推辭不了，不得已跟著那個人一同前往。他走進一道朱紅色的大門，只看到樓房臺閣高大華麗，有一個老人坐在廳堂中間，看起來大約七、八十歲。薛昆生走上前跪拜磕頭行禮，老人命人把他扶起來，請他坐在桌子旁邊，不久，婢女、僕婦們都聚集過來看他，七嘴八舌地站滿了大廳的兩側。老人轉頭跟婢女說：「進去跟小姐通報，說薛郎已經來了。」幾個婢女連忙跑了出去。過了一會，一個老婦人帶著一個女子出來，年紀大約十六、七歲，美麗得無人能比。老人指著女孩對薛昆生說：「這是小女十娘，我覺得跟你是一對佳偶，只是你父親用兩家不同類當作理由拒絕了。婚姻是百年大事，就算是父母也只能做一半的主，所以還是要看你的決定。」薛昆生盯著十娘看，心裡一見鍾情，害羞地說不出話。老婦人說：「我就知道你一定會喜歡的，請先回家去，我們馬上就把十娘送過去你家。」薛昆生連忙說：「好。」一路跑回家告訴父親，父親一時之間也想不出什麼辦法，便教他一套說詞，讓他去回絕這門親事，薛昆生不肯去，父親正要責備他的時候，送親的轎子已經來到家門口了，成群的婢女簇擁著十娘走進家門，一路走上廳堂，向公婆行禮拜見，薛昆生的父母看到她都很喜歡，當天晚上就幫兩人舉辦婚禮，夫妻感情非常恩愛融洽。從此之後，青蛙神夫婦經常蒞臨薛家拜訪，當他們穿紅色衣服時，就代表有喜事發生，穿白色衣服時，就常會招來錢財，幾乎每次都靈驗。因此，薛家一天天地興旺富裕起來。

自從與青蛙神結為親家以後，薛家的門口、廳堂、圍牆甚至廁所，到處都有青蛙出沒，但薛家的人沒人敢隨便抱怨或亂罵，走路的時候也小心翼翼地不要去踩到或踢到這些青蛙。只有薛昆生年紀小，有時會任性耍脾氣，一高興起來就忘了要注意腳邊的青蛙，生氣的時候更會故意踩死青蛙來宣洩，不愛惜青蛙；十娘雖然謙讓善良，但也容易生氣，對昆生這樣的行為很不高興，而昆生也沒有因為十娘生氣就收斂自己的行為。有一次，十娘用言語叨唸了昆生幾句，昆生惱羞成怒地說：「難道因為妳父親能降禍害人，我就怕妳嗎？男子漢大丈夫，怕什麼青蛙！」十娘向來很忌諱別人說到青蛙，聽到他這麼說，更是一肚子火，大聲說：「自從我嫁進你家，讓你家田地增加不少收穫，買賣做生意賺了不少錢，現在一家老小都吃飽穿暖了，就想要過河拆橋，忘恩負義嗎？」昆生聽了也更加氣憤地說：「我正嫌妳給我家的這些東西太過骯髒，不能留傳給子孫，不如乾脆早點離開吧。」於是就把十娘趕走了。等到薛昆生的父母知道這件事的時候，十娘已經走掉了，他們責罵昆生，要他趕快去把十娘追回來，但薛昆生正在氣頭上，不肯拉下臉去向十娘道歉。到了夜晚，昆生母子就都生病了，覺得頭暈腦悶，連飯都吃不下，昆生的父親很害怕，親自到青蛙祠向青蛙神請罪道歉，態度十分誠懇。過了三天之後，母子兩人的病才漸漸痊癒，十娘也自己回來了，夫妻和好如初。

十娘平日沒事總是坐著梳妝打扮，從不從事刺繡、縫紉等女功，薛昆生的衣服、鞋子，都還是由母親替他縫製。有一天，母親氣憤地抱怨說：「兒子都娶媳婦了，還要勞累我這個老太婆替他做粗活！人家是媳婦侍候婆婆，我們家是婆婆侍候媳婦！」這些話剛好被十娘聽到了，生氣地來到廳堂上說：「我這個媳婦早上服侍您吃飯，晚上服侍您睡覺，侍奉婆婆的規矩禮數有缺少什麼嗎？我唯一沒做好的，就是不願省下給傭人的錢，讓自己吃苦而已。」昆生的母親無話可說，覺得羞愧沮喪，獨自流淚。薛昆生走進屋子裡，看見母親臉上的淚痕，詢問發生什麼事，生氣地責怪十娘，十娘據理強辯，不肯退讓。薛昆生氣得大罵：「娶了妻子卻不能侍奉父母、讓父母高興，這樣的妻子還不如沒有！就算是冒犯、惹火老青蛙，不過是遭遇橫禍，頂多賠上這條命罷了！」又把十娘趕出家門，十娘也是怒火中燒，出了門就直接走了。

第二天，薛家的房舍發生火災，大火蔓延一發不可收拾，燒掉好幾間房屋，房子裡的桌椅、床鋪等家具，全部被燒成灰燼。薛昆生很生氣，衝到青蛙祠指著青蛙神大罵：「你的女兒不能侍奉公婆，也沒有半點家教，你這個神明卻只會偏袒她的缺點！神明不是應該要公正的嗎？怎麼可以要人畏懼自己的媳婦？更何況我們夫妻兩個人吵架，真的有錯也都是我一人做的，跟父母一點關係也沒有，就算要有什麼懲罰，也應該施加在我一個人身上，不該牽連其他人。如果不這樣做，看我也把你家燒了，當做對你的報復。」說完，就在祠堂的周圍堆積木柴，舉起火把作勢要去點燃。附近的居民看到了，都趕來哀求阻止他，薛昆生才罷手，憤憤不平地回家，父母聽說了這件事，都非常擔心害怕。

當天半夜，青蛙神託夢給鄰近的村莊，讓村民替他的女婿家重新修建房屋。天亮以後，村民們就準備材料，聚集工匠，一起來幫薛昆生家建造新房屋，薛家想要婉拒卻怎麼也阻擋不了，每天都有好幾百人前來幫忙。幾天之後，薛家的房舍煥然一新，連床鋪、帷帳等用具全部都備齊了。薛家的房屋剛整建完工，十娘就回來了，她到廳堂上向公婆道歉謝罪，說話溫柔和順，又轉身對著薛昆生展露笑容，於是全家轉怨恨為歡喜，從此以後，十娘的性情更加溫和，過了兩年，沒有再聽到有什麼抱怨、不滿意的話語。

十娘一向最忌諱蛇。有一次，薛昆生想要捉弄十娘，用盒子裝了一條小蛇，騙她打開。十娘打開以後嚇得花容失色，臉色大變，大罵薛昆生，薛昆生被罵得惱羞成怒，也從開玩笑變為生氣，兩人互相口出惡語。十娘說：「這一次不用等你趕我走，我們就此一刀兩斷。」說完，甩門離去。薛昆生的父親很害怕，拿著木棍杖打昆生，並向青蛙神請罪，幸好這次青蛙神沒有降下災禍，也沒有任何動靜。

就這樣一年多過去了，薛昆生思念十娘，對自己的所做所為感到懊悔，私下到青蛙祠哀求，希望十娘可以回來，但是卻一直沒有半點回應。不久，聽說青蛙神已經將十娘另外許配給袁家，薛昆生心裡很傷心失落，於是也轉而向別的人家求親，但是看了好幾戶人家，沒有人能比得上十娘，於是心中更加思念十娘。他跑到袁家探聽消息，發現袁家已經在粉刷牆壁、打掃庭院，等待迎娶新娘的車隊回來。薛昆生心中既慚愧，又氣憤，久久無法平復心情，連飯也吃不下就病倒了。父母十分憂心，卻又不知道該怎麼辦。

薛昆生在病重昏迷之中，迷迷糊糊地覺得好像有人在撫摸他，並且說：「你不是一直想要和我斷絕關係，怎麼會把自己搞成這樣子？」他睜開眼一看，眼前竟然是朝思暮想的十娘。薛昆生喜出望外，從床上一躍而起，問她說：「你怎麼來了？」十娘說：「你之前那樣不尊重、不在乎我，我本應該聽從父親的安排，另外改嫁他人。父親已經收了袁家送來的聘禮，成親的日子就是今天晚上，但我千思萬想還是捨不得離你而去，父親沒臉去袁家退回聘禮，我於是自己把聘禮送還給袁家。剛才要出門時，父親追出來跟我說：『傻孩子！現在不聽我的話，將來要是再受薛家欺負，就算是死也不要再回來。』」薛昆生受到十娘的深情感動，忍不住流下眼淚，家人知道以後都很高興，急忙跑去告訴昆生的父母。昆生母親聽到消息，等不及十娘來向自己問安，就跑到兒子的房間，拉著十娘的手低聲哭泣。從此以後，薛昆生漸漸變得穩重成熟，不再鬥嘴要脾氣了，於是兩人感情更加融洽深厚。

有一天，十娘對昆生說：「過去因為你太過輕佻、沒有責任感，我擔心無法和你白頭到老，所以一直不敢和你生孩子，怕會留下後患，但現在已經沒有任何顧慮了，我打算和你生孩子了。」過了不久，青蛙神夫婦穿著紅色的衣袍，來到薛家拜訪。第二天，十娘就臨產了，順利生下兩個男嬰，從此，薛家和青蛙神往來頻繁。有時居民不小心觸犯青蛙神，就會先來拜託薛昆生居中協調；薛昆生會讓婦女穿著漂亮的衣服到房間見十娘，只要十娘開心歡笑，問題就解決了。薛家的後代子孫繁衍興盛，人們稱他們家是「薛蛙子家」，不過住在附近的人不敢這樣稱呼，只有住得比較遠的人才敢這麼叫。

◈江漢之間，俗事蛙神最虔。祠中蛙不知幾百千萬，有大如籠者。或犯神怒，家中輒有異兆，蛙游几榻，甚或攀緣滑壁不得墮，其狀不一，此家當凶，人則大恐，斬牲禳禱之，神喜則已。

楚有薛昆生者，幼慧，美姿容。六七歲時，有青衣媼至其家，自稱神使，坐致神意，願以女下嫁昆生。薛翁性朴拙，雅不欲，辭以兒幼。雖故卻之，而亦未敢議婚他姓。遲數年，昆生漸長，委禽於姜氏，神告姜曰：「薛昆生，吾婿也，何得近禁臠？」姜懼，反其儀。薛翁憂之，潔牲往禱，自言不敢與神相匹偶，祝已，見肴酒中，皆有巨蛆浮出，蠢然擾動，傾棄，謝罪而歸。心益懼，亦姑聽之。

一日，昆生在途，有使者迎宣神命，苦邀移趾，不得已，從與俱往。入一朱門，樓閣華好，有叟坐堂上，類七八十歲人。昆生伏謁，叟命曳起之，賜坐案旁。少間，婢媼集視，紛紜滿側，叟顧曰：「入言薛郎至矣。」數婢奔去。移時，一媼率女郎出，年十六七，麗絕無儔。叟指曰：「此小女十娘，自謂與君可稱佳偶，君家尊乃以異類見拒。此自百年事，父母止主其半，是在君耳。」昆生目注十娘，心愛好之，默然不言。媼曰：「我固知郎意良佳。請先歸，當即送十娘往也。」昆生曰：「諾。」趨歸告翁。翁倉遽無所為計，乃授之詞，使反謝之，昆生不肯行。方誚讓間，輿已在門，青衣成羣，而十娘入矣。上堂朝拜，翁姑見之皆喜，即夕合巹，琴瑟甚諧。由此神翁神媼，時降其家，視其衣赤為喜，白為財，必驗，以故家日興。

自婚於神，門堂藩溷皆蛙，人無敢詬蹴之，惟昆生少年任性，喜則忘，怒則踐斃，不甚愛惜。十娘雖謙馴，但善怒，頗不善昆生所為，而昆生不以十娘故斂抑之。十娘語侵昆生，昆生怒曰：「豈以汝家翁媼能禍人耶？丈夫何畏蛙也？」十娘甚諱言蛙，聞之恚甚，曰：「自妾入門，為汝家田增粟，賈益價，亦復不少。今老幼皆已溫飽，遂如鴞鳥生翼，欲啄母睛耶？」昆生益憤曰：「吾正嫌所增污穢，不堪貽子孫，請不如早別。」遂逐十娘。翁媼既聞之，十娘已去，呵昆生，使急往追復之，昆生盛氣不屈。至夜，母子俱病，鬱悶不食。翁懼，負荊於祠，詞義殷切，過三日，病尋愈，十娘亦自至，夫妻懽好如初。

十娘日輒凝妝坐，不操女紅，昆生衣履，一委諸母。母一日忿曰：「兒既娶，仍累媼。人家婦事姑，吾家姑事婦。」十娘適聞之，負氣登堂曰：「兒婦朝侍食，暮問寢，事姑者，其道如何？所短者，不能吝傭錢自作苦耳。」母無言，慚沮自哭。昆生入，見母涕痕，詰得故，怒責十娘，十娘執辯不相屈。昆生曰：「娶妻不能承歡，不如勿有。便觸老蛙怒，不過橫災死耳！」復出十娘，十娘亦怒，出門逕去。

次日，居舍災，延燒數屋，几案牀榻，悉為煨燼。昆生怒，詣祠責數曰：「養女不能奉翁姑，略無庭訓，而曲護其短。神者至公，有教人畏婦者耶？且盎盂相敲，皆臣所為，無所涉於父母。刀鋸斧鉞，即加臣身，如其不然，我亦焚汝居室，聊以相報。」言已，負薪殿下，爇火欲舉，居人集而哀之，始憤而歸。父母聞之，大懼失色。

至夜，神示夢於近村，使為婿家營宅。及明，齎材鳩工，共為昆生建造，辭之不止，日數百人相屬於道。不數日，第舍一新，牀幕器具悉備焉。修除甫竟，十娘已至，登堂謝過，言詞溫婉，轉身向昆生展笑，舉家變怨為喜。自此十娘性益和，居二年，無間言。

十娘最惡蛇，昆生戲函小蛇，給使啟之，十娘色變，詬昆生，昆生亦轉笑生嗔，惡相抵。十娘曰：「今番不待相迫逐，請從此絕。」遂出門去。薛翁大恐，杖昆生，請罪於神，幸不禍之，亦寂無音。

積有年餘，昆生念十娘，頗自悔，竊詣神所哀十娘，迄無聲應。未幾，聞神以十娘字袁氏，中心失望，因亦求婚他族，而歷相數家，並無如十娘者，於是益思十娘。往探袁氏，則已堊壁滌庭候魚軒矣。心愧憤不能自已，廢食成疾，父母憂皇，不知所處。

忽昏憒中有人撫之曰：「大丈夫頻欲斷絕，又作此態。」開目，則十娘也。喜極，躍起曰：「卿何來？」十娘曰：「以輕薄人相待之禮，止宜從父命，另醮而去。固已受袁家采幣，妾千思萬思而不忍也。卜吉已在今夕，父又無顏反璧，妾親攜而置之矣。適出門，父走送曰：『痴婢不聽吾言，後受薛家凌虐，縱死亦勿歸也。』」昆生感其義，為之流涕，家人皆喜，奔告翁媼。媼聞之，不待往朝，奔入子舍，執手嗚泣。由此昆生亦老成，不作惡謔，於是情好益篤。

十娘曰：「妾向以君儇薄，未必遂能相白首，故不敢留孽根於人世，今已靡他，妾將生子。」居無何，神翁神媼著朱袍降臨其家，次日，十娘臨蓐，一舉兩男，由此往來無間。居民或犯神怒，輒先求昆生，乃使婦女輩盛妝入閨，朝拜十娘，十娘笑則解。薛氏苗裔甚繁，人名之「薛蛙子家」，近人不敢呼，遠人呼之。

神通廣大的狐妾

出自：《聊齋志異》

山東萊蕪人劉洞九，擔任汾州知州。有一天獨自坐在官署裡，突然聽到庭院的亭子外面傳來有人說話談笑的聲音，那笑語聲漸漸接近，不久，有四個女子走進室內：一個大約四十多歲、一個大概三十歲、一個二十四、五歲，最後一個則是尚未成年的少女。她們一起站在桌子前面，互相看著對方嬉笑，劉洞九向來知道官署附近有很多狐狸，所以故意不理會她們，不久，那個少女拿出一條紅色絲巾，故意鬧著把絲巾扔到劉洞九臉上，劉洞九默默地撿起絲巾到窗臺上，仍然不理她們，於是四個女子就笑著離開了。

有一天，上次那個年紀比較大的女子又來了，跟劉洞九說：「我妹妹跟你有緣，希望你不要嫌棄我們太過鄙陋。」劉洞九隨口答應了，女子就離開了。不久，女子帶著一個小婢女，擁著上次那個少女過來，她讓少女與劉洞九肩並著肩坐著，嘴裡說：「真是天生一對的好伴侶，今晚就是洞房花燭夜，妳要好好事奉劉郎，我先離去了。」劉洞九這才仔細看著身旁的少女，發現她長得美麗動人，無人能與她相比，於是跟她歡好。後來，劉洞九詢問少女身世。少女說：「我雖然不是人，但其實之前也是人的。我是前任知州的女兒，因為受到狐狸的蠱惑，短命早死，就埋葬在庭院裡。狐狸們用法術讓我復活，所以我的行為舉止就跟狐仙一樣。」劉洞九聽完，想要伸手去摸少女的屁股。少女發覺以後笑著說：「你是不是覺得狐狸應該都要有尾巴？」於是大方地轉過身說：「你想摸就請你摸看看吧！」從此之後，狐女就在官署住了下來，日常生活都和跟著她一起來的小婢女在一起，家人都尊稱她為小夫人，婢女、下人們向她請安問候的時候，常常得到很豐厚的賞賜。

後來遇到劉洞九的生日，前來祝壽的賓客很多，一共要開三十多桌的酒宴，需要好幾個廚師才夠；劉洞九雖已經事先發出公文召集廚師，但只有一兩個廚師到場，劉洞九很生氣，也很擔心酒宴會開天窗。狐女知道了以後，就跟劉洞九說：「不要擔心，廚師既然不夠用，不如乾脆連原本來的那一兩個人都請他們回家，我雖然沒什麼才能，但是準備三十桌的酒席應該還難不倒我。」劉洞九很高興，命人把魚、肉、薑、肉桂等食材和佐料，全部都搬到房間裡。家人只聽到房裡不斷傳出切菜、剁肉的聲音；等菜端菜上桌的僕人們把盤子放在門口的桌子上，轉眼之間，盤子上已經裝滿了菜肴。僕人們立即端走菜肴，並拿來新的空盤，十幾個上菜的僕人，不停地往來端菜上桌，好像端不完似的。等到全部的菜都上完了，僕人又來問有沒有湯餅，狐女在房間裡面說：「主人事先沒有指定要做湯餅，這麼短的時間是要怎麼辦呢？」沒多久她又說：「沒關係，我先借一點來用好了。」過了一會，她就叫上菜的僕人來端湯餅，僕人一看，桌上已經放好三十多碗湯餅，正不斷地冒著熱氣。等到客人都離開以後，狐女對劉洞九說：「請拿一些錢去給某家，說是湯餅的費用。」劉洞九就派人把湯餅的錢送過去。而湯餅憑空消失那戶人家，還正聚在一起驚訝地討論，直到劉家送錢的人到了，這個謎團才終於解開。

有一天晚上，劉洞九正在喝酒，突然想喝家鄉山東的苦醁酒，狐女說：「讓我去幫你拿來吧。」說著就走了出去，過了一段時間，狐女回來說：「門外有一罈苦醁酒，應該可以讓你喝好幾天了。」劉洞九出門一看，果然有一罈酒，而且果真就是在自己在老家珍藏的甕頭春。過了幾天，劉洞九在山東老家的夫人派了兩個僕人到汾州，半路上一個僕人說：「聽說那個狐夫人給的賞賜都很多，希望這次得到的賞金，可以讓我買一件皮衣。」他的這些話，狐女在官署裡早就知道了，她對劉洞九說：「老家派來的人快到了，只是那可恨的奴才太沒有禮貌，我一定要教訓他一下。」第二天，那個僕人剛剛到汾州城，頭就開始劇痛起來，等到達官署時，僕人抱著頭哀嚎，同行的人想要找醫生幫他開藥。劉洞九笑著說：「不用管他，等時間到了自然就會好。」大家都猜他是不是得罪了小夫人，那個僕人也自己疑惑著：「我才剛來這裡，連行李、裝備都還沒放下，是哪裡得罪她了？」因為不知道原因，所以也就不知道怎麼求饒，拜見小夫人時，只好隨地下跪，爬到小夫人的簾外苦苦哀求。只聽到簾子裡的人說：「你用『夫人』來稱呼我，還算不錯，但為什麼『夫人』前面要加一個『狐』呢？」僕人這才醒悟，知道自己違犯忌諱，立刻不斷地磕頭道歉，簾子裡又說：「你既然想得到皮衣，為什麼講話還那麼無禮？」過一會，又說：「給你的懲罰已經夠了，你的病好了。」話一說完，僕人立刻覺得頭痛消失了，連忙叩頭拜謝，正當他要起身退下時，簾子內突然丟出一個小包裹，並說：「這是一件用羔羊皮做的皮衣，你拿回去吧！」僕人解開包裹一看，裡面有五兩銀子。劉洞九詢問僕人家裡的情況，僕人說：「家裡沒什麼事，一切安好，只是有天夜裡不見了一罈酒。」劉洞九算一算日期和時間，正是狐女替他取來甕頭春的那天晚上。從此以後，家人們對她的神通十分敬佩，稱呼她是「聖仙」。

劉洞九為狐女畫了一張肖像畫。當時，提學使張道一聽說狐女神通廣大，就以找劉洞九敘舊、聊聊同鄉情誼當藉口，到劉家拜訪，並再三請求，希望能見狐女一面；但是狐女拒絕了，劉洞九禁不住他苦苦哀求，就把狐女的畫像給他看，張道一卻硬把畫像給帶回去。回去以後，張道一把狐女的畫像掛在座位旁邊，每天早晚都對著畫像祈求說：「以妳的條件及美貌，不管到哪裡都一定會受盡寵愛，為什麼要委身給那個白髮老頭？我也不會比劉洞九差，為什麼不到我這裡來？」狐女正在官署中，聽到張道一這樣說，就對劉洞九說：「那個張道一實在太無禮了，我要稍微懲罰他一下，給他一點教訓。」有一天，張道一又對著畫像祈求，突然覺得好像被人用界尺敲打額頭似的，頭痛欲裂。張道一非常害怕，馬上派人把狐女的畫像送回去；劉洞九詢問為什麼突然把畫像送回來，送畫的僕人不敢說出真相，隨便找個理由敷衍，劉洞九笑著說：「你家主人的額頭不痛了嗎？」僕人嚇了一跳，知道無法再隱瞞，才把事情的經過說出來。

不久，劉洞九的女婿亓生來拜訪，也請求能見狐女一面，狐女依舊堅定地拒絕，但亓生還是不斷求見。劉洞九就勸狐女說：「女婿也不是什麼外人，為什麼如此堅持不見他？」狐女說：「女婿來拜見，我總是要饋贈一點見面禮，但是他對我的期望太高，我自認為無法滿足他的期待，所以才一直不肯見他。既然他不死心，再三求見，那就答應他十天後見他一面。」十天後，亓生進到房間拜見狐女，隔著布簾向狐女行禮問好，簾子後的狐女有些矇矓，讓人無法看清楚，又不敢一直盯著看；等到要告辭離去的時候，亓生向外走了幾步，忍不住又回頭看一眼，只聽到狐女說：「賢婿回頭了！」說完，放聲大笑，聲音有如貓頭鷹鳴叫，亓生聽到以後，嚇得兩腿發軟，全身發抖，心神不寧，就像失魂落魄一樣。一直到離開房間，坐了好一會兒，心神才稍稍平復，驚魂未定地說：「剛才聽到那個笑聲，就像聽見轟天雷鳴，竟然覺得身體好像不是自己的，無法控制。」過了沒多久，狐女的婢女奉命送給亓生二十兩銀子。亓生接過銀子，對著婢女抱怨說：「聖仙每天跟我岳父住在一起，難道不知道我一向出手闊綽，不習慣花小錢嗎？」狐女聽了以後，說：「我當然知道他就是這樣的人，可是正好家裡也沒什麼錢了，前陣子我們結伴到汴梁，汴梁城被河神占據，到處是一片水汪汪，連金庫也淹沒在水底，我們鑽進水裡也只能各自撈了一些銀子出來，怎麼樣也滿足不了他這樣貪求無饜啊！況且，就算我能夠給他豐厚的饋贈，他的福分太淺，只怕還無法受用呢！」

狐女總是能夠預知即將發生的事情，每次劉洞九遇到無法解決的疑難雜症，只要跟她商量討論，沒有解決不了的問題。有一天，劉洞九和狐女並肩坐著，狐女忽然仰頭看著天空，驚駭地說：「大劫難就要來臨了，該怎麼辦啊？」劉洞九驚慌地問：「發生了什麼事？家裡的人都還好嗎？」狐女說：「這個地方不久就會成為戰場，您應該趕快向朝廷找個能遠離這裡的任務，才能夠躲過這場劫難。至於其他家人都平安無事，只有二公子的情況需要讓人擔憂。」於是劉洞九聽從狐女的指示，向上司請求到外地出差，上司就派他押送糧餉到雲南、貴州一帶。從汾州到雲、貴一帶，路途遙遠，聽到這件事的人都來慰問他，只有狐女向他道賀。不久，鎮守大同的宣化總兵姜瓖造反，汾州被姜瓖占據；劉洞九的次子從山東趕來探視父親，正好遇到戰亂，被叛軍殺害。汾州淪陷的時候，官府裡的官員全部罹難遇害，只有劉洞九因為到雲、貴出公差，才得以倖免。直到叛亂平定以後，劉洞九才又回到汾州。不久，他又因為受到一件大案的牽連，家裡窮到連三餐都有困難，偏偏當權的官員還是不斷對他勒索，因此劉洞九內外窘困，幾乎到想死的地步。狐女說：「不要擔憂，床下有三千兩銀子，可以供我們日常所需，度過難關。」劉洞九很高興，急著問：「這是從哪裡偷來的？」狐女說：「天下間沒有主人的財物取之不盡，哪裡需要偷？」後來，劉洞九找到機會脫身，回到山西老家，狐女也跟著他一起回去。

又過了幾年，狐女突然離開了，只留下一張紙，包著幾樣東西送給劉洞九，其中有辦喪事時，喪家懸掛在門上的小幡旗，長二寸多，大家都覺得這是不吉利的徵兆。不久，劉洞九就去世了。

◈萊蕪劉洞九，官汾州。獨坐署中，聞亭外笑語漸近，入室，則四女子：一四十許，一可三十，一二十四五已來，末後一垂髫者。並立几前，相視而笑。劉固知官署多狐，置不顧。少間，垂髫者出一紅巾，戲拋面上。劉拾擲窗間，仍不顧。四女一笑而去。

一日，年長者來，謂劉曰：「舍妹與君有緣，願無棄葑菲。」劉漫應之。女遂去。俄偕一婢，擁垂髫兒來，俾與劉並肩坐，曰：「一對好鳳侶，今夜諧花燭。勉事劉郎，我去矣。」劉諦視，光豔無儔，遂與燕好。詰其行蹤。女曰：「妾固非人，而實人也。妾，前官之女，蠱於狐，奄忽以死，窆園內。眾狐以術生我，遂飄然若狐。」劉因以手探尻際。女覺之，笑曰：「君將無謂狐有尾耶？」轉身云：「請試捫之。」自此，遂留不去。每行坐與小婢俱。家人俱尊以小君禮。婢媼參謁，賞賚甚豐。

值劉壽辰，賓客煩多，共三十餘筵，須庖人甚衆；先期牒拘，僅一二到者。劉不勝恚。女知之，便言：「勿憂。庖人既不足用，不如並其來者遣之。妾固短於才，然三十席亦不難辦。」劉喜，命以魚肉薑桂，悉移內署。家中人但聞刀砧聲，繁碎不絕。門內設一几，行炙者置柈其上；轉視，則肴俎已滿。托去復來，十餘人絡繹於道，取之不竭。末後，行炙人來索湯餅。內言曰：「主人未嘗預囑，咄嗟何以辦？」既而曰：「無已，其假之。」少頃，呼取湯餅。視之，三十餘碗，蒸騰几上。客既去，乃謂劉曰：「可出金貲，償某家湯餅。」劉使人將直去。則其家失湯餅，方共驚異；使至，疑始解。

一夕，夜酌，偶思山東苦醁。女請取之。遂出門去。移時返曰：「門外一罌，可供數日飲。」劉視之，果得酒，真家中甕頭春也。越數日，夫人遣二僕如汾。途中一僕曰：「聞狐夫人犒賞優厚，此去得賞金，可買一裘。」女在署已知之，向劉曰：「家中人將至。可恨傖奴無禮，必報之。」明日，僕甫入城，頭大痛，至署，抱首號呼。共擬進醫藥。劉笑曰：「勿須療，時至當自瘥。」眾疑其獲罪小君。僕自思，初來未解裝，罪何由得？無所告訴，漫膝行而哀之。簾中語曰：「爾謂夫人，則亦已耳，何謂狐也？」僕乃悟，叩不已。又曰：「既欲得裘，何得復無禮？」已而曰：「汝愈矣。」言已，僕病若失。僕拜欲出，忽自簾中擲一裹出，曰：「此一羔羊裘也，可將去。」僕解視，得五金。劉問家中消息，僕言都無事，惟夜失藏酒一罌，稽其時日，即取酒夜也。羣憚其神，呼之「聖仙」。

劉為繪小像。時張道一為提學使，聞其異，以桑梓誼詣劉，欲乞一面。女拒之。劉示以像，張強攜而去。歸懸座右，朝夕祝之云：「以卿麗質，何之不可？乃托身於鬖鬖之老！下官殊不惡於洞九，何不一惠顧？」女在署忽謂劉曰：「張公無禮，當小懲之。」一日，張方祝，似有人以界方擊額，崩然甚痛。大懼，反卷。劉詰之，使隱其故而詭對之。劉笑曰：「主人額上得毋痛否？」使不能欺，以實告。

無何，婿亓生來，請覲之。女固辭。亓請之堅。劉曰：「婿非他人，何拒之深？」女曰：「婿相見，必當有以贈之；渠望我奢，自度不能滿其志，故適不欲見耳。」既固請之，乃許以十日見。及期，亓入，隔簾揖之，少致存問。儀容隱約，不敢審諦。即退，數步之外，輒回眸注盼。但聞女言曰：「阿婿回首矣！」言已，大笑，烈烈如鴞鳴。亓聞之，脛股皆軟，搖搖然如喪魂魄。既出，坐移時，始稍定。乃曰：「適聞笑聲，如聽霹靂，竟不覺身為己有。」少頃，婢以女命，贈亓二十金。亓受之，謂婢曰：「聖仙日與丈人居，寧不知我素性揮霍，不慣使小錢耶？」女聞之曰：「我固知其然。囊底適罄；向結伴至汴梁，其城為河伯占據，庫藏皆沒水中，入水各得些須，何能飽無饜之求？且我縱能厚餽，彼福薄亦不能任。」

女凡事能先知；遇有疑難，與議，無不剖。一日，並坐，忽仰天大驚曰：「大劫將至，為之奈何！」劉驚問家口，曰：「餘悉無恙，獨二公子可慮。此處不久將為戰場，君當求差遠去，庶免於難。」劉從之。乞於上官，得解餉雲貴間。道里遼遠，聞者弔之；而女獨賀。無何，姜瓖叛，汾州沒為賊窟。劉仲子自山東來，適遭其變，遂被害。城陷，官僚皆罹於難，惟劉以公出得免。盜平，劉始歸。尋以大案罣誤，貧至饔飧不給；而當道者又多所需索，因而窘憂欲死。女曰：「勿憂，牀下三千金，可資用度。」劉大喜，問：「竊之何處？」曰：「天下無主之物，取之不盡，何庸竊乎。」劉借謀得脫歸，女從之。後數年忽去，紙裹數事留贈，中有喪家挂門之小旛，長二寸許，羣以為不祥。劉尋卒。

覓知音的白鴿

出自：《聊齋志異》

鴿子的品種很多，像山西有坤星，山東有鶴秀，貴州有腋蜨，河南有翻跳，吳越有諸尖，這些都是很稀少珍貴的品種。除此之外，還有靴頭、點子、大白、黑石、夫婦雀、花狗眼等，各式各樣的名字、種類多到無法用手指數清，只有那些喜歡養鴿的內行人，才能分辨清楚。

鄒平縣的張幼量公子，特別喜歡養鴿子，按照《鴿經》所記載的品種，到處尋找，希望能夠收集天下所有種類的鴿子。他養鴿子的態度，就如同養育小嬰兒一樣，天氣冷了，就用乾草幫牠們鋪巢來保暖，天氣熱了，就餵食牠們鹽粒補充鹽分；鴿子很喜歡睡覺，但有時睡得太沉，會引發麻痹症而死。張幼量曾經在廣陵用十兩銀子買到一隻鴿子，牠的體型很小，很喜歡到處走動，把牠放在地上的時候，就來到處走來走去，停不下來，好像不走到死不會息休似的，所以常常要人用手把牠包覆住；到了晚上，把牠放在鴿群中，讓牠四處走動去驚擾其他鴿子，就可以防止其他鴿子睡太熟而發生麻痹病，因此這種鴿子被叫做「夜遊」。山東一帶的養鴿人家，沒有人比得上張幼量，張幼量也以擅長養鴿子自豪。

有一天夜晚，張幼量獨自坐在書房裡，突然有一個身穿白色衣服的年輕人敲門進來，張幼量看著那個人，發現是從未見過的陌生人，就問他是什麼人。那人回答說：「我只是個四處漂泊的人，姓名不值一提。在很遠的地方就聽說公子飼養的鴿子最多，我生平也最喜歡鴿子，希望能夠觀賞您珍藏、飼養的鴿子。」張幼量於是把自己飼養的鴿子一一展示出來，各種色彩的鴿子都有，顏色繽紛得有如天上的雲彩。年輕人笑著說：「果然是名不虛傳，公子可說是已經達到養鴿人的頂點。我也養了幾隻鴿子，不曉得公子願意觀賞嗎？」張幼量很高興，就跟著那個年輕人一同前往。

月光朦朧，走在曠野中顯出格外蕭條冷清，張幼量心裡不禁有些猜疑懼怕。年輕人指著前方說：「請再往前走一段路，我的住處就在前方不遠的地方。」又走了幾步，看見一座道院，院子裡只有兩間小屋子，年輕人拉著張幼量的手走進去院子，院子裡沒有燈火，一片黑暗。年輕人站在庭院的中央，口中模仿鴿子的叫聲，忽然有兩隻鴿子飛出來，體型如同一般的鴿子，但身上的羽毛是純白色，在屋檐的高度盤旋飛翔，兩隻鴿子一邊叫一邊搏鬥，每次撲飛，就會翻一個跟斗；年輕人揮一揮手臂，兩隻鴿子一齊飛到他的手上。年輕人又吹起口哨，發出一種奇異的聲音，又有兩隻鴿子飛出來，大隻的體型如同鶩鴨，小隻的只有拳頭大小，兩隻鴿子一起站在臺階上，學著鶴的姿態起舞。大的伸長脖子，張開兩隻大大的翅膀，好像屏風一樣，身體則是一邊旋轉，一邊又叫又跳，好像在引導小鴿子；小鴿子則是忽上忽下地飛鳴，有時飛到大鴿子的頭頂上，有時展開翅翼，像燕子似的翩翩飛落在蒲葉上，聲音細碎，如同敲擊撥浪鼓；大鴿子伸長脖頸一動也不動，只有叫聲越來越急，聲音變得如同擊磬似的清脆悅耳。兩隻鴿子的鳴叫聲相互應和，交錯之間符合節奏。最後，小鴿子飛起來，大鴿子就反覆擺動著逗引牠。

張幼量看到這裡讚嘆不已，覺自己的鴿子完全無法相比，簡直是小巫見大巫。張幼量於是向年輕人行了一個大禮，乞求年輕人割愛把鴿子讓給他，年輕人不答應，張幼量就不死心地不斷懇求。年輕人被他的誠意打動，於是先讓大小鴿子飛回去，又學著鴿子的聲音，把先前的兩隻白鴿召來，並伸出手把兩隻鴿子捉住，對張幼量說：「如果您不嫌棄的話，就把這兩隻白鴿送給您，以回應您的厚愛。」張幼量把兩隻白鴿接到手上，仔細地把玩觀看，白鴿的眼睛在月光映照下，呈現琥珀色，兩個眼珠透明晶亮，好像可以直接看穿一樣，眼球的中間有一粒黑珠，圓潤的如同胡椒粒；他輕輕地掀起鴿子的翅膀，肋骨的肌肉晶瑩剔透，五臟六腑都看得一清二楚。張幼量越看越覺得奇特，但還是意猶未盡，覺得不滿足，乞求年輕人再多送他幾隻，年輕人說：「我本來還有兩種鴿子還沒獻給您看，現在這樣我不敢再請您觀賞了。」兩人正在激烈討論間，張幼量的家人點著火把來找主人。張幼量再回頭看那年輕人，竟然已變成一隻白鴿，大得像公雞，一飛沖天，不見蹤影。而眼前的庭院、房屋，竟然也都消失了，只剩下一座小墳墓，旁邊種植著兩棵柏樹而已。張幼量與家人緊緊抱著那兩隻白鴿，又驚訝又嘆氣地回家。回家以後，他試著讓兩隻白鴿飛翔，兩隻鴿子非常馴服，就像那個年輕人展示給他看的時候一樣，品種雖然算不上鴿子裡面最頂極的，但在人世間已經是絕無僅有的，張幼量於是對這兩隻鴿子愛惜至極。

過了兩年，這對白鴿生了小公鴿和小母鴿各三隻，雖然有很多親朋好友來求他割愛，但他都捨不得分送給別人。張幼量父親有一個朋友，是個身分顯赫的大官，有一天偶然遇到張幼量，問說：「你總共養了多少隻鴿子啊？」張幼量恭敬地回答，退下以後，心想這個大官是不是喜愛鴿子的，才會關心自己養的鴿子，覺得應該送他兩隻鴿子當做禮物，但是又實在捨不得；但想到長輩既然都開口詢問、索求了，總不能不給他面子，而且也不敢送他普通的鴿子來應付打發，於是忍痛選了兩隻白鴿，關在籠子裡贈送給他，心中認為就算是價值千金的禮物，也比不上這兩隻鴿子珍貴。

過了幾天，張幼量又再遇到那個大官，自己臉上忍不住露出得意的表情，想說我送了這麼貴重的禮物，對方應該好好跟我道謝吧！然而，那個大官在談話之間，竟然完全沒有任何一句話提到感謝贈送鴿子的事。張幼量忍不住詢問說：「我前幾天送您的鴿子，不知道還滿意嗎？」大官回答說：「不錯啊！挺肥美的。」張幼量驚訝地說：「大人把鴿子煮來吃了？」大官回答說：「是啊！」張幼量大驚失色地說：「這不是普通的鴿子，就是平常大家說的珍貴品種『靼韃』啊！」大官回想了一下，說：「味道也沒什麼特別的地方。」張幼量聽完，只能懊悔地回家。

當天晚上，張幼量夢見那個穿白衣的年輕人來找他，責怪他說：「我原本以為你會好好愛惜鴿子，所以才把子孫託付給你。你怎麼能把明珠丟到黑暗之中，害我的子孫命喪鍋鼎？今天我就要把子孫們都帶走。」說完以後，化成鴿子，張幼量所養的白鴿全部都跟著牠飛走了。

天亮以後，張幼量急忙去看鴿舍，發現裡面的白鴿果然都不見了。心中無限悔恨，於是把所飼養的鴿子，分別贈送給自己的知交好友，幾天內就全部分送光了。

異史氏說：萬物都會聚集到喜歡他們的人那裡，所以葉公好龍，真龍就到了他的屋裏；更別說飽學之士能夠交到良友，賢明的君主會得到良臣！可是只有金錢這種東西，喜歡的人更多，而能夠聚集到財富的人卻很少。由此可知，鬼神是憎恨貪婪而不憎恨痴迷的啊！

◆鴿類甚繁，晉有坤星，魯有鶴秀，黔有腋蜨，梁有翻跳，越有諸尖：皆異種也。又有靴頭、點子、大白、黑石、夫婦雀、花狗眼之類，名不可屈以指，惟好事者能辨之也。

鄒平張公子幼量，癖好之，按經而求，務盡其種。其養之也，如保嬰兒：冷則療以粉草，熱則投以鹽顆。鴿善睡，睡太甚，有病麻痹而死者。張在廣陵，以十金購一鴿，體最小，善走，置地上，盤旋無已時，不至於死不休也，故常須人把握之；夜置羣中，使驚諸鴿，可以免痹股之病：是名「夜遊」。齊魯養鴿家，無如公子最；公子亦以鴿自詡。

一夜，坐齋中，忽一白衣少年叩扉入，殊不相識。問之。答曰：「漂泊之人，姓名何足道。遙聞畜鴿最盛，此亦生平所好，願得寓目。」張乃盡出所有，五色俱備，燦若雲錦。少年笑曰：「人言果不虛，公子可謂盡養鴿之能事矣。僕亦攜有一兩頭，頗願觀之否？」張喜，從少年去。

月色冥漠，野壙蕭條，心竊疑懼。少年指曰：「請勉行，寓屋不遠矣。」又數武，見一道院，僅兩楹。少年握手入，昧無燈火。少年立庭中，口中作鴿鳴。忽有兩鴿出：狀類常鴿，而毛純白；飛與簷齊，且鳴且鬭，每一撲，必作觔斗。少年揮之以肱，連翼而去。復撮口作異聲，又有兩鴿出：大者如鶩，小者裁如拳；集階上，學鶴舞。大者延頸立，張翼作屏，宛轉鳴跳，若引之；小者上下飛鳴，時集其頂，翼翩翩如燕子落蒲葉上，聲細碎，類鼗鼓；大者伸頸不敢動，鳴愈急，聲變如磬，兩兩相和，間雜中節。既而小者飛起，大者又顛倒引呼之。

張嘉歎不已，自覺望洋可愧。遂揖少年，乞求分愛；少年不許。又固求之。少年乃叱鴿去，仍作前聲，招二白鴿來，以手把之，曰：「如不嫌憎，以此塞責。」接而玩之：睛映月作琥珀色，兩目通透，若無隔閡，中黑珠圓於椒粒；啟其翼，脅肉晶瑩，臟腑可數。張甚奇之，而意猶未足，詭求不已。少年曰：「尚有兩種未獻，今不敢復請觀矣。」方競論間，家人燎麻炬入尋主人。回視少年，化白鴿，大如雞，沖霄而去。又目前院宇都渺，蓋一小墓，樹二柏焉。與家人抱鴿，駭歎而歸。試使飛，馴異如初。雖非其尤，人世亦絕少矣。於是愛惜臻至。

積二年，育雌雄各三。雖戚好求之，不得也。有父執某公，為貴官。一日，見公子，問：「畜鴿幾許？」公子唯唯以退。疑某意愛好之也，思所以報而割愛良難。又念：長者之求，不可重拂。且不敢以常鴿應，選二白鴿，籠送之，自以千金之贈不啻也。

他日，見某公，頗有德色；而其殊無一申謝語。心不能忍，問：「前禽佳否？」答云：「亦肥美。」張驚曰：「烹之乎？」曰：「然。」張大驚曰：「此非常鴿，乃俗所言『鞀韃』者也！」某回思曰：「味亦殊無異處。」張歎恨而返。
至夜，夢白衣少年至，責之曰：「我以君能愛之，故遂託以子孫。何乃以明珠暗投，致殘鼎鑊！今率兒輩去矣。」言已，化為鴿，所養白鴿皆從之，飛鳴逕去。天明視之，果俱亡矣。心甚恨之，遂以所畜，分贈知交，數日而盡。
異史氏曰：物莫不聚於所好，故葉公好龍，則真龍入室；而況學士之於良友，賢君之於良臣乎！而獨阿堵之物，好者更多，而聚者特少。亦以見鬼神之怒貪而不怒痴也。

變異的九尾蛇

出自：《續子不語》

有一個叫茅八的人，年輕時為了販售紙張曾到江西，當地有很多造紙廠都位在深山。紙廠的人每到太陽下山就會把大門緊緊關閉上鎖，並且告誡茅八千萬不能外出，說：「深山裡不只有很多凶猛的虎狼野獸，還有很多奇異的怪物，不可以深夜在外面逗留。」

一天夜晚，天上的明月非常光亮皎潔，茅八閒著沒事睡不著，想要開門到外面欣賞月色，但手一碰到門，想起紙廠的人再三叮嚀，又把手縮了回來，就這樣猶豫不決，來回三四次；他自認在江湖上行走多年，什麼大風浪沒見過，怎麼能被這種小事嚇倒，於是壯起膽子，開門外出。才走不到幾十步路，茅八突然看見一大群大約幾十隻的猴子飛奔過來，慌亂匆忙地挑了一棵大樹，全部爭先恐後地爬到樹上，茅八覺得事有蹊蹺，也另外找了一棵樹爬了上去，在遠處窺探，看看發生什麼事。不久，他看到一條大蛇從樹林間竄了出來，身體像柱子一樣粗，兩個眼睛像火把般射出明亮的光芒，身上的鱗片都像魚鱗似的片片分明而且堅硬無比，腰部以下的地方分岔出九條尾巴，爬行時，九條尾巴一起蠕動前進，發出的聲音有如鐵甲相互敲擊似的。九尾蛇爬到樹下，倒豎起九條尾巴，像跳舞似的旋轉，每條尾巴的末端有個小孔，對著樹上射出有如彈丸的黏液。猴群被黏液射中後，紛紛從樹上摔到地上，個個肚破腸流，死狀淒慘。九尾蛇於是慢慢地吃了三隻猴子，才拖著尾巴離開了。

直到九尾蛇走遠，再也聽不到任何聲響以後，茅八才渾身發抖著從樹上爬下來，連滾帶爬地跑回住處，從此再也不敢在深夜外出。

◈茅八者，少曾販紙入江西，其地深山多紙廠，廠中人日將落即鍵戶，戒勿他出，曰：「山中多異物，不特虎狼也。」一夕月皎甚，茅不能寢，思一啟戶玩月，瑟縮再四，自恃武勇尚可任，乃啟關而出。行不數十武，忽見群猴數十奔泣而來，盡擇一大樹而上，茅亦上他樹遠窺。旋見一蛇從林際出，身如拱柱，兩目灼灼；體甲皆如魚鱗而硬，腰以下生九尾，相曳而行，有聲如鐵甲然。至樹下，乃倒植其尾，旋轉作舞狀。每尾端有小竅，竅中出涎如彈射樹上。猴有中者，輒叫號墮地，腹裂而死。乃徐啖三猴，曳尾而去。

茅懼歸，自是昏夜不敢出。

關於《續子不語》

作者為清代文學家袁枚（1716-1797），袁枚著有《子不語》（又名《新齊諧》），書名取自《論語．述而》：「子不語：怪、力、亂、神。」意思是孔子向來不去討論關於「怪異、暴力、悖亂、靈異」的事情，而《子不語》一書就是在記錄各種奇聞異事及鬼怪故事。後來袁枚又寫了《續子不語》，為《子不語》的續篇。

好心的老鼠精

出自：《耳食錄》

江西金溪縣的蘇坊有一個姓周的老乞婆，年紀大約五十多歲。她的丈夫已經去世了，因為沒有生孩子，獨自住在一間破房子裡，只能靠乞討為生。有一天，周乞婆忽然聽到耳邊有人跟她說話：「妳真的太可憐了，讓我來幫妳。」周乞婆四處張望，卻看不見說話的人，覺得很奇怪，心裡毛毛的，那聲音又在耳畔對她說：「妳不要害怕，在妳的床頭邊有兩百銅錢，可以拿去買點米煮飯來吃，不用再挨家挨戶去乞討了。」周乞婆按照指示尋找，果然發現銅錢，心裡又驚又喜，連忙問說：「你是誰？是神仙嗎？」那個聲音說：「我乃是東倉使者。」周乞婆感覺這個東倉使者並沒有要害自己的意思，雖然還是覺得很奇怪，但也就不再害怕畏懼。

從此之後，這位東倉使者常常給周乞婆錢財、米糧或是其他食物，把東西放在她的庭院裡，雖然數量都不是很多，但是可以讓周乞婆度過一兩天的生活；如果食物吃完了、東西用完了，東倉使者就會再送一些過來，從來不曾匱乏。有時候他還會送周乞婆一些衣服，不過都不是什麼華麗的衣服，只是簡單的粗布衣，讓周乞婆不用挨餓受凍，所以周乞婆心裡非常感謝這個東倉使者，她祈禱說：「我受神明的恩澤救濟，希望能見您一面，當面向您拜謝。」東倉使者回答說：「我本來是沒有形體的，不過念在妳一片誠心，我會在夢中化成人形與妳相見。」當天晚上，周乞婆果然在夢中見到東倉使者，原來是一個白鬍子老翁。

過了一段時間，周乞婆常聽左右鄰居說，家裡經常無故遺失錢財或物品，周乞婆這才意識到，原來東倉使者從鄰居家中偷東西來救助自己。東倉使者還常常對周乞婆預言一些鄰居家的吉凶禍福，叮嚀她要保密，不能洩露出去，後來這些預言果真全都應驗了。

就這樣過了幾年，鄰居們覺得很奇怪，為什麼周乞婆子不用再出門乞討。他們悄悄來到周乞婆家察看，發現裡面許多他們家遺失的東西，大家非常氣憤，認為周乞婆就是小偷，要拉著她去官府報案。正在拉扯爭執的時候，半空中突然傳來東倉使者的聲音說：「她是無罪的，那些東西都是我偷的，我只拿你們多餘的東西來填補周乞婆久缺的東西，對你們來說，哪有多大的損害？如果你們還要在這裡糾纏不清，我就對你們不客氣了！」話剛說完，就掉下許多瓦片石塊在眾人面前，鄰居們嚇得放開周乞婆跑走了。

這件事很快傳遍了整個鄉里，當地人都覺得太不可思議了，很多人跑到周乞婆家，想親自驗證傳聞，如果來的人說話客氣而且有禮貌，東倉使者也會客氣地回答他們的問題；如果來的人口出不遜，就會遭到半空中飛來的石頭瓦片攻擊。東倉使者只聽周乞婆的話，如果周乞婆說不要打了，他才會停下來。

有一天，一個書生喝醉了，來到周乞婆家門口，趁著酒意大聲地叫罵：「你是什麼妖怪？敢在這裡裝神弄鬼？有種出來跟我單挑！」書生再三地辱罵，但東倉使者始終沒有任何回應，書生以為妖怪害怕自己了，就得意地回去了。周乞婆覺得奇怪，問東倉使者說：「你為什麼只害怕這個書生？」東倉使者說：「讀書人讀聖賢之書，獻身在學校裡鑽研知識，理所當然要稍微讓著他。更何況他又喝醉了，所以我不願跟他計較。」書生知道了，更加得意自滿，沒過幾天，又來到周乞婆家門口大罵，這次才罵了幾聲，空中就飛來許多瓦片，對著書生砸了過去，打中他的腦袋，書生趕緊抱頭鼠竄，狼狽地逃回去。周乞婆好奇地問東倉使者，為什麼這次要教訓書生，東倉使者說：「無緣無故地罵人，第一次我可以容忍，以和報怨，是他理虧。可是他得寸進尺不知悔改，就是無禮了，對於無禮的人當然不用忍讓，給他一點教訓，沒有什麼奇怪的。」

當地的村民對於周乞婆家中的妖怪既擔心又害怕，大家商議著要去請張真人來除妖，只是礙於路途遙遠又多險阻，一直沒有動身前往。有一天，周乞婆聽到東倉使者哭著說：

「龍虎山的道士要到了，我已經大禍臨頭了。」周乞婆急著問：「那你幹嘛不趕快逃走呢？」東倉使者嘆氣說：「他已經在四周布下了天羅地網，我還能逃到哪裡去呢？」說完又哭了起來，周乞婆聽了也忍不住傷心落淚。

第三天，果然有鄰居拿著一張符咒來到周乞婆子家，原來他們已經拜託遠方的親戚替他們到上清宮求得符咒，所以東倉使者無法事先查覺並加以阻止。鄰居闖進周乞婆的房間，把符貼在牆上，周乞婆生氣地想把這張符給撕下來，突然聽到一聲巨響，一隻巨大的老鼠死在床頭邊，旁邊有一個窗戶大小的洞穴，原來這就是牠平日居住的地方。從此之後，東倉使者再也沒有出現過，周乞婆又回復原本窮困的日子，靠著乞討為生了。

◈金溪蘇坊有周姓丐媼，年五十餘。夫死無子，獨處破屋。忽有人於耳畔謂之曰：「爾甚可憫，余當助爾。」回視不見其形，頗驚怪。復聞耳畔語曰：「爾勿畏。爾床頭有錢二百，可取以市米為炊，無事傍人門戶也。」如言，果得錢。媼驚問何神，曰：「吾東倉使者也。」媼察其意，非欲禍己者，竟不復畏怖。

自是或錢、或米、或食物，日致於庭，亦無多，僅足供一二日之費；費盡則復致之，亦不缺乏。間又或為致衣服數事，率皆布素而無華鮮。媪賴之以免饑寒，心甚德之，祝曰：「吾受神之澤厚矣！願見神而拜祀焉！」神曰：「吾無形也。雖然，當夢中化形示爾。」果夢中見之，皤然一翁也。

久之，頗聞東鄰人言，室中無故亡其物，其西鄰之人亦云，媪乃知神之竊鄰以貺己也。鄉鄰有吉凶美惡事，輒預以告媪，囑以勿泄。自後驗之，無不中。

如是者數年。初鄰人訝媪之不復丐也，即其家伺之，則所亡之物在焉，乃怒媪，將執以為盜。忽聞空中人語曰：「彼何罪？我實為之。損有餘，補不足，復何害？若猶不捨，將不利於爾！」言甫畢，而瓦礫擲其前矣。鄰人懼而棄。

一里傳以為怪。往觀者甚眾，與之婉語，殊娓娓可聽。語不遜者，輒被擊。惟媪言是聽，媪言勿擊則止。

一日，有諸生乘醉造媪所，大詈曰：「是何妖妄作祟不已，敢出與吾敵乎？」詈之再三，竟無恙而去。媪詰神曰：「何獨畏彼？」曰：「彼讀聖賢書，列身庠序，義當避之。且又醉，吾不與較。」生聞，益自負。數日，又往詈之，則空中飛片瓦擲其首，負痛而歸。媪又以詰神，曰：「無故詈人，一之為甚，吾且柔之，則曲在彼矣。又不戢而思逞，是重無禮也。無禮而擊之，又何怪焉？」

鄉人頗患之，謀請符於張真人，輒為阻於途，不得往。一日，媼聞神泣曰：「龍虎山遣將至，吾禍速矣！」媼曰：「曷不逃？」曰：「四布羅網矣，將安之？」言罷復泣，媼亦泣。

越翌日，果有鄰人持符詣媼家，蓋托其戚屬已潛求於上清，故神莫知而未之阻也。徑入臥內，懸之壁。媼怒，欲裂之。忽霹靂一聲，一巨鼠死於床頭，穴大如窗，向常行坐其處，勿見也。自是媼丐如故矣。

關於《耳食錄》

作者為樂鈞（1776~1814或1816），清代文言短篇小說集。樂鈞青年時就成為幕僚，四處遊歷，行遍名山大川，古跡舊都。他一邊寫詩，一邊沿途收集整理的趣文奇事，著成《耳食錄》。書裡記述了愛情故事和大量鬼怪故事及民間奇聞趣事。

會講話的貓

出自：《耳食錄》

這是一個朋友告訴我的故事，有一個人晚上準備就寢睡覺時，忽然聽到窗外有人在交談的聲音，於是悄悄地起身窺視，但當他向外張望時，只看到星空及月色美得像畫一樣，哪裡有半個人影？再仔細尋找，原來說話的，竟然是家裡養的貓和隔壁鄰居家的貓。鄰居的貓說：「西邊人家正準備要娶媳婦，我們要不要過去看看呢？」他家的貓回答：「那戶人家的廚娘很會收拾東西，去了應該找不到什麼可以下手的東西，不值得我們特地跑一趟。」鄰家貓又說：「話雖然這麼說沒錯，但我們還是過去看看嘛，反正又沒什麼損失。」他家的貓說：「一定不會有好處啦！」鄰家貓始終不放棄，死纏爛打地再三邀請，他家的貓還是堅持拒絕。就這樣來來回回僵持了很久，鄰家貓於是獨自跳到牆頭上，還不停遠遠地喊著說：「你來嘛！你來嘛！」他家的貓不得已，只好心不甘情不願地也跳上牆跟了過去，嘴裡還唸唸有詞地說：「好吧！就勉強陪你一起去好了。」這個人躲在一旁，目睹了兩貓之間的對話，覺得驚駭不已。

第二天，這個人把家裡的貓捉起來，打算把牠殺死，他責備貓說：「你是貓還是妖怪？怎麼會說人話？」貓回答說：「我確實會說人話，但全天下的貓都會說人話，又不是只有我一個，既然您不喜歡，以後我不說就是了。」這個人聽了以後生氣地說：「這果真是妖怪啊！」舉起木棒就要把牠打死，貓急忙大叫說：「天啊！冤枉啊！我真的是無辜的。如果一定要殺我，至少讓我說一句話再死。」他於是放下木棒，問貓說：「你還有什麼話要說？」貓說：「如果我真的是妖怪，您能這麼輕易就捉住我嗎？如果我不是妖怪，卻無辜被您殺害，死後一定會化為厲鬼來報仇，到那時候您還能夠再殺了我嗎？而且我曾經為您捕捉老鼠，也算對您盡了微薄的力量，對您有功勞卻被您殺害，恐怕是件不祥之事吧？至於那些老鼠們聽到我死了，一定會呼朋引伴，全部聚集到您家來，占據您的糧倉，毀壞您的糧食，咬穿您的櫥櫃和箱子，破壞您的書籍，從此之後，您的衣架上沒有一件完好的衣服，您的房屋裡沒有一件完整的器物，您也別想舒舒服服地睡一晚的好覺了。比起我會說話這件事，和老鼠所造成的危害，哪一個比較嚴重呢？所以不如還是放了我，讓我可以繼續當您的爪牙，為您效力捉老鼠，那麼今天您對我的恩情，我永遠都不敢忘記。」這個人聽完以後，就笑著把貓給放了，貓重獲自由，連忙逃得無影無蹤，後來也沒有發生其他什麼奇怪的事情。

◆某友言：某公夜將寢，聞窗外偶語，潛起窺之。時星月如晝，闃不見人，乃其家貓與鄰貓言耳。鄰貓曰：「西家娶婦，盍往覘乎？」家貓曰：「其廚娘善藏，不足稅吾駕也。」鄰貓又曰：「雖然，姑一行，何害？」家貓又曰：「無益也。」鄰貓固邀，家貓固卻，往復久之。鄰貓躍登垣，猶遙呼曰：「若來若來！」家貓不得已，亦躍從之，曰：「聊奉伴耳。」某公大駭。

次日，執貓將殺之，因讓之曰：「爾貓也，而人言耶？」貓應曰：「貓誠能言，然天下之貓皆能言也，庸獨我乎？公既惡之，貓請勿言。」某公怒曰：「是真妖也！」引槌將擊殺之，貓大呼曰：「天乎冤哉！吾真無罪也。雖然，願一言而死。」某公曰：「若復何言？」貓曰：「使我果妖，公能執我乎？我不為妖，而公殺我，則我且為厲，公能復殺之乎？且我嘗為公捕鼠。是有微勞於公也。有勞而殺之，或者其不祥乎？而鼠子聞之，相呼皆至，據廩以糜粟，穴簏而毀書，椸無完衣，室無整器，公不得一夕安枕而臥也。妖孰甚焉？故不如舍我，使得效爪牙之役，今日之惠，其寧敢忘？」某公笑而釋之，貓竟逸去，亦無他異。

第二部　植物化精怪

償還欠款的橘子樹

出自：《瀟湘錄》

唐朝時，荊州一帶有個有錢人叫做崔導。他家裡本來很窮，偶然因為種植了大約一千多株的橘子樹，每年都能獲得很好的收成，因此賺了不少錢。

有一天，其中一株橘子樹忽然變成一個男子，身長有一丈多，請求見崔導一面。崔導覺得有點詭異，不敢出去見他。那男子苦苦哀求，崔導只好勉為其難地出來見他。男子說：「我上輩子欠你一百萬錢，沒有償還就死了，我的家人又自我欺騙，不願替我還錢，你就向天庭告狀。所以天帝罰我們全家都變成橘樹，替你生產橘子，計算傭工的酬勞，直到還清所有的欠款。現在天帝有命令下來，哀憐同情我的家族親屬，讓我可以回復原本的樣子，加上我不斷反省以前所犯的過錯，只要再過一夜就可以贖清罪過，回復人形了。希望你能為我蓋一所小茅屋，讓我可以親自耕種，以度過此生剩下的日子。另外，你要把所有的橘樹都砍掉，從此安分守己地過日子，這樣才能夠自保，因為過去我所積欠的百萬錢，如今已經還清了，如果還貪心不知足的話，上天就會降下災禍了。」

崔導非常驚訝，於是依照那個人的指示，立即幫他蓋了一間房子，而且砍去所有的橘樹。又過了五年，崔導就去世了，家裡又漸漸回復到原來的貧窮日子，至於那個人則不知到哪裡去了。

◆唐荊南有富人崔導者。家貧乏，偶種橘約千餘株，每歲大獲其利。

忽一日，有一株化為一丈夫，長丈餘，求見崔導。導初怪之，不敢出。丈夫苦求之，導遂出見之。丈夫曰：「我前生欠君錢百萬，未償而死。我家人復自欺，君乃上訴於天。是以令我合門為橘。計傭於君，僅能滿耳。今上帝有命，哀我族屬，復我本形。兼我自省前事，止如再宿耳。君幸為我置一敝廬，我自耕鑿，以卒此生。君仍盡剪去橘樹。端居守常，則能自保。不能者，天降禍矣。何者，昔百萬之資，今已足矣。」

導大驚，乃皆如其言，即為葺廬。且盡伐去橘樹。後五年而導卒，家復貧。其人亦不知所在。

關於《瀟湘錄》

作者是晚唐的柳祥，有一說作者是李隱。唐代的傳奇小說集。原書現在已經失傳，宋代的《太平廣記》引用保留了其中的四十多條故事。

替人開啟智慧的參翁

出自：《宣室志》

唐玄宗天寶年間，有一個趙生，他的家世淵博，祖先是有名的文學家，而他的好幾個兄弟，都以科舉考取進士或通過明經科的考試入朝當官。只有趙生性一個人笨拙遲鈍，雖然也很努力讀書，但無法完全理解文句的意思或其中的義理，因此雖然已經不小了，卻還進不了縣學當貢生。

有一次趙生參加兄弟和朋友的宴會，整桌子的賓客都是當官的人，只有自己還是沒有一官半職的平民，他為此悶悶不樂。等到幾杯酒喝下肚以後，大家講話更是無所忌諱，有人還當面嘲笑他，趙生更加感到慚愧而且憤怒。隔天，趙生愈想愈氣，於是離家出走，隱居在晉陽山，搭建一間茅草屋當房子。趙生有一百多本書，全部都背到山裡面，每天日夜苦讀，雖然寒氣侵入肌膚，吃的是簡單的粟米，穿的是粗麻衣服，但他始終不畏辛勞困苦。偏偏趙生資質駑鈍愚昧，愈是勤奮努力地讀書，所收到的功效反而愈少，而趙生也愈生氣，但儘管如此，趙生始終沒有改變自己的志向。

過了十多天後，有個穿著褐色衣服的老翁到他的茅屋拜訪，跟趙生說：「你獨自居住在深山裡，研讀著古人的書籍，難道是有大志想要追求功名利祿嗎？雖然如此，學愈久卻還是不能分析文句，了解文意，為什麼思緒會這樣閉塞停滯呢？」趙生道歉著說：「我實在很不聰明，自己覺得又老又沒有用，所以才到深山裡居住，讀書只是為了打發時間、自我娛樂而已。雖然不能通達理解文章的精微道理，但至少一定到死都要堅持志業，才不會辱沒祖先，又哪裡是為了追求功名利祿啊。」老翁說：「你的意志實在是很堅定，老頭子我雖然沒有什能力，但可以幫你一點忙，只是你要來我家找我。」趙生於是詢問他的住處，老翁說：「我是段氏的子弟，家住在山西的一棵大椵樹下。」老翁說完，就突然不見了。趙生覺得很奇怪，以為遇到了妖怪，但還是半信半疑地依照老翁的指示前往山西尋找。果然發現一棵大椵樹長得非常茂盛，但卻沒有看到什麼房子，趙生靈光一閃，心想：「他說的段氏子弟難道指的是椵樹子孫嗎？」於是拿著鐵鍬往樹下挖，找到一尺多長的人參，樣子很像那個老翁的面貌。趙生說：「我聽說人參如果能化為精怪的，可以治癒各種疾病。」於是就把它煮來吃。

從此之後，趙生覺得頭腦清醒、思緒明白，眼睛所閱讀的書籍，都能理解書中的奧義。後來又過了一年多，通過明經科的科舉考試，當了好幾任官職後才過世。

◈天寶中，有趙生者，其先以文學顯。生兄弟數人，俱以進士、明經入仕。獨生性魯鈍，雖讀書，然不能分句詳義，由是年壯尚不得為郡貢。常與兄弟友生會宴，盈座朱綠相接，獨生白衣，甚為不樂。及酒酣，或靳之，生益慚且怒。後一日，棄其家遁去，隱晉陽山，葺茅為舍。生有書百餘編，笈而至山中，晝習夜息，雖寒熱切肌，食粟襲紵，不憚勞苦。而生蒙憎，力愈勤而功愈少，生愈恚怒，終不易其志。

後旬餘，有翁衣褐來造之，因謂生曰：「吾子居深山中，讀古人書，豈有志於祿仕乎？雖然，學愈久而卒不能分句詳議，何蔽滯之甚邪？」生謝曰：「僕不敏，自度老且無用，故入深山，讀書自悅。雖不能達其精微，然必欲死於志業，不辱先人。又何及於祿仕也。」翁曰：「吾子之志甚堅。老夫雖無術能，有補於郎君，但幸一謁我爾。」因徵其所止，翁曰：「吾段氏子，家於山西大木之下。」言訖，忽亡所見。生怪之，以為妖，遂逕往山西尋其跡。果有椵樹蕃茂，生曰：「豈非段氏子乎？」因持鍤發其下，得人參長尺餘，甚肖所遇翁之貌。生曰：「吾聞人參能為怪者，可愈疾。」遂淪而食之。自是醒然明悟，目所覽書，盡能窮奧。後歲餘，以明經及第，應官數任而卒。

幻化人形的葡萄精

出自：《宣室志》

在山西晉陽城的西邊有一間童子寺，在城郊的牧地外面。唐德宗貞元年間，有一個叫鄧珪的人，寄居在寺廟裡。那年秋天，鄧珪和與幾個朋友聚會，就一起在寺裡過夜。正準備關上房門的時候，忽然看見有一隻手從窗戶的隙縫伸了進來，那隻手是黃色的，而且瘦巴巴。大家看到以後都很害怕，只有鄧珪一個人覺得沒什麼好怕的，反而打開窗戶，只聽到外面有吟嘯之聲，鄧珪並不覺得怪，問他說：「你是誰？」對方回答：「我隱居在山谷已經很多年了，今晚趁著風月的景色出來遊賞，聽說先生在這裡，所以特別來拜見。我實在不配坐在先生的座席之間，希望能讓我坐在窗戶下，聽先生和客人們聊談話聊天，就已經心滿意足了。」鄧珪就答應了。等到坐下來以後，那人與眾人談笑風生，歡樂融洽。過了許久，便告退離去，在臨走之前，那人跟鄧珪說：「明天晚上我再過來，希望先生不要排斥我。」等那人離開以後，鄧珪與其他友人討論說：「這一定是鬼怪，如果不追查他的蹤跡，將來一定會成為禍患。」於是大家一起把絲線搓成一條有數百尋長的繩子，等候他再出現，一定要把他捉住。

第二天晚上，那人果然又來了，一樣是先用手伸進窗戶。鄧珪立即用繩子緊緊地綁住他的手，綁得很牢固，無法解開掙脫。只聽到窗外那人問說：「我犯了什麼罪？為什麼要綁住我？我們的約定在哪裡？這樣做不會後悔嗎？」於是拖著繩子就逃走了。到了天亮以後，鄧珪和朋友們一起追尋那人的蹤跡，最後在童子寺北邊一百多步的地方，發現一株葡萄，枝葉非常茂盛，而那條繩子就綁在藤蔓上。其中有一片葉子長得很像人的手掌，正是從窗戶伸進來的那隻手。於是鄧珪叫人挖出它的根焚燒，精怪就沒再出現了。

◈晉陽西有童子寺，在郊牧之外。貞元中，有鄧珪者，寓居於寺。是歲秋，與朋友數輩會宿。既闔扉後，忽見一手自牖間入，其手色黃而瘦甚。眾視之，懼怵然，獨珪無所懼。反開其牖，聞有吟嘯之聲，珪不之怪，訊之曰：「汝為誰？」對曰：「吾隱居山谷有年矣。今夕縱風月之遊，聞先生在此，故來奉謁。誠不當列先生之席，願得坐牖下，聽先生與客談，足矣。」珪許之。既坐，與諸客談笑極歡。久之告去，將行，謂珪曰：「明夕當再來，願先生未見擯。」既去，珪與諸客議曰：「此必鬼也。不窮其跡，且將為患矣。」於是緝絲為緡數百尋，候其再來，必縛之。明夕果來，又以手出於牖間。珪即以緡繫其臂，牢不可解。聞牖外問：「何罪而見縛，其議安在得無悔邪？」遂引緡而去。至明日，珪與諸客俱窮其跡，至寺北百餘步，有蒲桃一株，甚蕃茂，而緡繫其枝。有葉類人手，果牖間所見者。遂命掘其根而焚之，怪遂絕矣。

占據古宅的柳將軍

出自：《宣室志》

在東都洛陽城有一座古宅院，裡面的廳堂、房間、樓閣、臺階都非常雄偉奇特，然而，只要居住在那裡的人，很多都無緣無故地暴斃身亡，因此沒人敢再進去住，於是這座宅院就一直大門深鎖，閒置在那裡很久。

前右散騎常侍、范陽人盧虔，在唐德宗貞元年間擔任監察御史，並被派任到東都洛陽的御史臺，因此想要買下這座古宅來居住。有人勸他說：「這間古宅鬧鬼，裡面有妖怪會作祟害人，不能居住。」盧虔說：「不用擔心，我自有辦法能夠搞定他。」

入住古宅以後的晚上，盧虔與他的隨身侍衛一起睡在大廳裡，命令其他的僕人都在門外守候。這個隨身侍衛勇猛強悍，擅長射箭，於是拿著強弓和箭矢坐前窗戶下。快到半夜的時候，聽到有人來敲門，隨身侍衛前去應門，對方回答說：「柳將軍派遣我送一封書信給盧侍御。」盧虔沒有理會他。不久，從半空中掉下一封書信，信上的字好像是用筆沾墨書寫的，一點一畫都相當纖細。盧虔命令隨身侍衛檢視信的內容，上面寫著說：「我住在這裡已經很多年了，這座宅院的廳堂、房間、樓閣、臺階，甚至每個角落都是我的家，所有的門神、戶靈都是我的僕人。但是你突然闖進來占據我家，哪有這種道理？如果你有一間房子，我難道可以隨便進去嗎？就算你完全不怕我，難道不會愧對自己的良心嗎？你最好識相一點趕快離開，不要自取滅亡，招來羞辱。」侍衛剛讀完，那封信就化為灰燼，四處飄散了。不久，又聽到有人說：「柳將軍希望能夠見盧御史。」過沒多久，看到一個巨大的鬼站立在庭院裡，身形有幾百尺高，手上拿著一個大葫蘆。隨身侍衛立即拉滿弓弦射出一箭，命中大鬼手上的葫蘆，大鬼嚇了一跳，於是丟下葫蘆跑走了。過了一些時間，大鬼又來了，上半身趴在長廊上，低著頭窺探廳堂裡的動靜，相貌極為奇特詭異。隨身侍衛又再拉弓射箭，這次直接命中大鬼的胸部。大鬼大吃一驚，驚恐地轉身向東方逃走了。

到了天亮以後，盧虔派人循著前晚大鬼留下的痕跡尋找，一路找到古宅東邊的一片空地，看到一株柳樹有一百多餘尺高，有一支箭矢貫穿樹幹，原來這就是所謂的柳將軍。盧虔砍倒這株柳樹，把它當成木柴來燒，從此之後，住在這座古宅的人都平安無事。又過了一年多以後，為了要重新整修廳堂，把房子拆掉，在屋瓦下找到一個一丈多的大葫蘆，有一支箭矢貫穿木柄，正是那時候柳將軍手裡拿著的葫蘆。

◈東洛有故宅，其堂奧軒級甚宏特，然居者多暴死，是以空而鍵之且久。故右散騎常侍萬陽盧虔，貞元中，為御史分察東臺，常欲貿其宅而止焉。或曰：「此宅有怪，不可居。」虔曰：「吾自能弭之。」

後一夕，虔與從吏同寢其堂，命僕使盡止於門外。從吏勇悍善射，於是執弓矢坐前軒下。夜將深，聞有叩門者，從吏即問之，應聲曰：「柳將軍遣奉書於盧侍御。」虔不應。已而投一幅書軒下，字似濡筆而書者，點畫纖然。虔命從吏視，其字云：「吾家於此有年矣。堂奧軒級，皆吾之居也；門神戶靈，皆吾之隸也。而君突入吾舍，豈其理耶！假令君有舍，吾入之可乎？既不懼吾，寧不愧於心耶！君速去，勿招敗亡之辱。」讀既畢，其書飄然四散，若飛燼之狀。俄又聞有言者：「柳將軍願見盧御史。」已而有大厲至，身長數十尋，立庭，手執一瓢。其從吏即引滿而發，中所執。其厲遂退，委其瓢。久之又來，俯軒而立，挽其首且窺焉，貌甚異。從吏又射之，中其胸。厲驚，若有懼，遂東向而去。

至明，虔命窮其跡，至宅東隙地，見柳高百餘尺，有一矢貫其上，所謂柳將軍也。虔伐其薪。自此其宅居者無恙。後歲餘，因重構堂室，於屋瓦下得一瓢，長約丈餘，有矢貫其柄，即將軍所執之瓢也。

滿腹經綸的柳樹精

出自：《乾𦠆子》

東都洛陽的渭橋銅駞坊，住了一個隱士叫薛弘機。薛弘機在渭河邊蓋了一間小房子，關著門獨自生活，也沒有妻室及奴僕陪伴。每當秋天來臨時，附近的落葉飛到庭院裡，他會把落葉掃在一起，用紙袋子裝著，找到原來的樹把落葉歸還給它，讓落葉可以歸根。他曾在座位旁的角落題了一段話：「夫人之計，將徇前非且不可，執我見不從於眾亦不可。人生實難，唯在處中行道耳。」（做人的方法，順著以往的過錯是不可以的；固執己見，不依從群眾也是不行的。人生實在太困難了，只能在這中間找到自己的處世之道啊！）

有一天，夕陽西下，秋風吹進了房間，他披著一件粗布衣獨自坐在屋子裡，正在仰慕漢代張良和邴漢棄官歸隱的風範，忽然有一個客人來到家門口拜訪，那人的相貌頗為奇特，高鼻子、粗眉毛、四方嘴、大額頭，風骨超然，有如古代的隱士「商山四皓」，身上穿著有朝霞圖案的皮衣，深深地向薛弘機向了一個禮，並說：「您的個性喜愛幽靜之道，修養敦厚，有著很深的造詣。我住的地方正好離這不遠，一直很仰慕您的操守，所以特別前來拜見。」薛弘機一看到他就覺得很投機，於是和他討論一些今古學問，並詢問他的姓名。那人說：「我姓柳，名叫藏經。」兩人於是一起唱歌、吟詠，一直聊到夜深。柳藏經感嘆地說：「漢朝建立的時候，叔孫通制定禮法，怎麼能只著重死喪和婚姻這二種制度，而不採用古代聖王之禮呢？這是我覺得感慨的。」接著唱起歌來：「寒水停園沼，秋池滿敗荷。杜門窮典籍，所得事今多。」（冷水停滯在花園的池塘，秋天的池子裡充滿了凋敝的荷花；關起門讀盡古代的典籍，所得到的收穫今天最多。）薛弘機喜愛《易經》，於是向他請教《易經》。他回答說：「《易經》的道理太過深奧精微，我不敢學。況且劉歆的『六說』，只說明《詩》、《書》、《禮》、《樂》和《春秋》，而沒有提及《易》。其實只能算是『五說』。這是因為《易經》的道理太難。」薛弘機很喜歡這個論點。柳藏經說完以後就告辭了，離開的時候傳來窣窸的聲音。薛弘機目送他離去，隱隱約約好像走出一丈多的距離就隱沒不見人影了。

後來薛弘機向附近鄰居打聽，都說不認識這個人。薛弘機很思念柳藏經，卻又不知道他在什麼地方。過了一個多月以後，柳藏經才又再來拜訪薛弘機。只是薛弘機每次想要靠近他時，他總是往後退；當薛弘機逼近他的時候，隱約聞到一點腐朽木材的氣味，但來不及細聞，柳藏經就隱遁離開了。到了第二年的五月，柳藏經又來拜訪，並對薛弘機說：

「知音很難尋覓，日月光陰容易失去。只要人心親近，道理自然明白，我們的居處雖近，但人卻很遠。彼此的思念很深，卻不能時常相見。我有一首絕句要贈送給你，請你記住。這首詩說：『誰謂三才貴，余觀萬化同。心虛嫌蠹食，年老怯狂風。』（誰說天地人三才最珍貴？我看自然萬物都是等同的。我的內心虛無只厭惡蠹蟲啃食，年老體衰就怕狂風來吹襲。）」吟完詩以後，柳藏經顯得有些不安，不像過去那麼從容自在，出門以後往西方離去，就失去蹤影了。當天夜裡刮起狂風，很多房屋被吹垮了，很多樹被連根拔起。第二天，魏王池邊有一棵大枯柳，被昨夜的大風吹斷，露出底下的樹洞，樹洞裡不知道什麼人藏一百多卷經書，都腐朽且被蠹蟲啃爛了。薛弘機把這些經書收回來，但大多已經受到雨水的浸泡，完全沒有條理及順序。這些經書中唯獨沒有《易經》。薛弘機感嘆地說：「難怪叫做『柳藏經』啊！」這是唐德宗建中年間的事。

◈東都渭橋銅駞坊。有隱士薛弘機。營蝸舍渭河之隈，閉戶自處，又無妻僕。每秋時，鄰樹飛葉入庭，亦掃而聚焉，盛以紙囊，逐其彊而歸之。常於座隅題其詞曰：「夫人之計。將徇前非且不可。執我見不從於眾亦不可。人生實難，唯在處中行道耳。」

居一日，殘陽西頹，霜風入戶，披褐獨坐。仰張邴之餘芳。忽有一客造門。儀狀古，隆準龐眉，方口廣顙，嶷然四皓之比，衣早霞裘，長揖薛弘機曰：「足下性尚幽道，道著嘉肥。僕所居不遙，嚮慕足下操履，特相詣。」弘機一見相得，切磋今古，遂問姓氏。其人曰：「藏經姓柳。」即便歌唫，清夜將艾。云：「漢興，叔孫為禮，何得以死喪婚姻而行二載制度。吾所感焉。」歌曰：「寒水停園沼，秋池滿敗荷。杜門窮典籍，所得事今多。」弘機好《易》，因問。藏經則曰：「《易》道深微，未敢學也。且劉氏六說。只明《詩》、《書》、《禮》、《樂》及《春秋》，而亡於《易》。其實五說。是道之難。」弘機甚喜此論。言訖辭去，窣颯有聲，弘機望之，隱隱然丈餘而沒。

後問諸隣，悉無此色。弘機苦思藏經，又不知所。尋月餘，又詣弘機。弘機每欲相近，藏經輒退。弘機逼之，微聞朽薪之氣，藏經隱。至明年五月又來，乃謂弘機曰：「知音難逢，日月易失，心親道曠，室邇人遐。吾有一絕相贈，請君記焉。《詩》曰：『誰謂三才貴，余觀萬化同。心虛嫌蠹食，年老怯狂風。』吟訖，情意搔然，不復從容，出門而西，遂失其踪。是夜惡風，發屋拔樹。明日，魏王池畔有大枯柳，為烈風所拉折。其內不知誰人藏經百餘卷，盡爛壞。弘機往收之，多為雨漬斷，皆失次第，內唯無《周易》。弘機歎曰：「藏經之謂乎。建中年事。出《乾𦠆子》。

關於《乾䉵子》

作者是晚唐溫庭筠（801？～866），筆記小說集，現今已失傳，宋代《太平廣記》引用保留了其中幾篇。南宋目錄學家晁公武引其序言說：「語怪以悅賓，無異䉵味之適口，故以乾䉵命篇。」

魅惑人的芭蕉精

出自：《庚巳編》

馮漢字天章，是吳地的讀書人，住在閶門石牌巷裡的一間小書房。庭院裡隨意地種植了許多花木，景致幽雅，頗有意境。

夏天的傍晚，馮漢洗完澡以後，悠閒地坐在書房裡的床榻上乘涼，忽然看見一個穿著翠綠色衣服的女子站在庭院，身影映照在窗子上。馮漢覺得很奇怪，大聲地問說：「你是誰？」女子連忙整理了一下衣服，向馮漢行禮說：「我姓焦。」說完竟然就直接走進房內。馮仔細地看著她，發現她的肌膚細緻光滑，一舉一動輕盈飄逸，是少見的絕世美女。馮漢懷疑她不是人，起身拉住她的衣袖，想要捉住她，女子慌忙掙脫，扯斷了被拉住的衣服離去，只留下衣裙的一角，馮漢於是隨手放在床邊。

天亮以後，馮漢仔細查看那片衣裙，發現竟然是一片破掉的芭蕉葉。他想起自己之前在附近的僧院讀書時，曾從那裡移植栽了一株芭蕉種在庭院中。他到院子裡查看，發現那株芭蕉樹上一片葉子斷裂。馮漢把手上的芭蕉葉和樹上的斷葉對照，果然完全吻合。馮漢於是立刻砍倒芭蕉樹，在斬斷樹根的時候，竟然有像血一樣的紅色液體從流出來。他覺得很詭異，於是前往那間僧院詢問，僧人說：「僧院裡曾有芭蕉精作怪，曾經魅惑並害死好幾位僧人。」

◈馮漢字天章，為吳學生，居閶門石牌巷一小齋。庭前雜植花木，瀟灑可愛。夏月薄晚，浴罷坐齋中榻上，忽睹一女子，綠衣翠裳，映窗而立。漢叱問之，女子斂衽拜曰：「兒焦氏也。」言畢，忽然入戶，熟視之，肌質鮮妍，舉止輕逸，真絕色也。漢驚疑其非人，起挽衣將執之，女忙迫，絕衣而去，僅執得一裾角，以置所臥席下。明視之乃蕉葉耳。先是，漢嘗讀書鄰僧庵中，移一本植於庭，其葉所斷裂處，取所藏者合之，不差尺寸，遂伐之，斷其根有血。後問僧，云：「蕉嘗為怪，惑死數僧矣。」

善於經營的菊花精

出自：《聊齋志異》

河北順天府的馬子才，家裡世世代代都喜愛種植菊花，到了馬子才時，他對菊花更是情有獨鍾，只要聽說哪裡有好的品種，一定要去買回來，就算在千里之外也無所謂。

有一天，有個從金陵來的客人寄住他家，聊到有一個表親有一兩種菊花，是北方沒有的稀罕品種。馬子才聽了以後很心動，立即整理行裝，跟著客人前往金陵購買。客人四處想方設法，替他求取，終於得到兩株稀有品種的根芽，馬子才像收藏寶物似的細心包裹，把菊花帶回家。在返家途中，偶然遇到一個騎著跛驢的少年，跟在一輛碧綠的車子旁邊，風采儀態相當瀟灑大方，於是靠近他與他搭話交談。少年說他姓陶，言談之間頗為高雅。他問起馬子才為什麼來到南京，馬子才據實以告，說是來尋找稀有的菊花品種。少年說：「菊花的品種其實沒有什麼好與不好，關鍵在於種植的人如何培育、灌溉。」接著就聊起了養菊及賞菊之道。馬子才很高興，詢問少年去什麼地方，少年回答說：「我姊姊不喜歡住在金陵，想要搬到河北去。」馬子才連忙說：「我雖然貧窮，但家裡的茅屋可以暫住。

你們如果不嫌棄地方荒僻簡陋，就不用麻煩到處尋覓住所。」少年於是來到車子旁，向姊姊轉達馬子才的建議，詢問她的意見。車子上的人推開車簾，與少年說話，原來是個二十左右的絕世美女。她對弟弟說：「房子不嫌簡陋，只要有寬廣的庭院就行了。」馬子才跑上前來說沒有問題，於是三個人就一起回到順天府。

馬家的南邊有一個荒廢的田圃，旁邊有三、四間小屋子。陶家姐弟很喜歡這個地方，就在這裡住了下來。此後，陶生每天到北院幫馬子才照顧菊花，就算已經開始枯萎的菊花，只要陶生把根挖起來，再重新種植，往往可以讓菊花起死回生。陶生的家境清貧，每天在馬家搭伙吃飯。馬子才暗中觀察，發現陶家從來沒有升火做飯。馬子才的妻子呂氏，很喜歡陶生的姊姊，經常贈送她一些食物。陶生的姊姊名叫黃英，談吐文雅流俐，常到馬家與呂氏一起縫紉織布。

有一天，陶生對馬子才說：「你的家境也不是非常富裕，我每天都到你家吃閒飯，造成你的負擔，怎麼能一直這樣下去呢？所以我有一個想法，我要賣菊花來謀生。」馬子才向來個性直率，聽到陶生說要賣菊花，非常瞧不起他，說：「我以為你是個風流雅士，可以安於貧困的日子。如果依你說的，真的販售菊花，等於使陶淵明種菊的東籬淪為市場了，這實在是侮辱菊花。」陶生笑著說：「自食其力過生活並不是貪財，賣花為業也不是粗俗的事。人固然不可以不擇手段地追求富貴，但也沒必要刻意地追求貧窮啊！」馬子才聽後無言以對，陶生只得起身離去。從此以後，馬子才所丟棄的殘菊敗枝或淘汰的低劣品種，陶生都撿回去。從此不再到馬家搭伙吃飯，只有在馬子才主動邀請時，才會過來一趟。

不久，來到菊花盛開的時節，馬子才聽得門外喧鬧吵雜，像市場一樣，他覺得很奇怪，到陶生的住處察看，看到買花的人有人用車來載，也有人用肩扛著，人來人往，絡繹不絕。陶生所賣的花都是珍奇的品種，很多是他從來沒見過的，馬子才不由得怒火中燒，心裡厭惡陶生的貪心，想跟他絕交，而且又恨他背著自己私藏珍貴的品種，於是伸手敲陶生家門，想要當面責問他。陶生出來看到是馬子才，未等他開口就把他拉進門裡。只見原本的半畝荒地都種滿了菊花，除了幾間房屋之外，沒有任何一點閒置的土地。只要挖一株花去賣，就會在原地從其他的菊花上剪枝下來扦插，而田裡含苞待放的菊花，沒有不是珍奇上品的，馬子才仔細審視，原來這些花都是他以前丟棄和淘汰的。

陶生走進屋子裡，端出酒具和酒菜，在菊花田邊設置酒宴招待馬子才。他說：「我無法堅守清貧，這幾天賺了一些錢，夠我們好好大醉一場。」過了一會，房裡姊姊呼喊：「三郎！」陶生答應著進去屋裡。隨即他就端出佳餚美食，每道菜的烹飪都非常精良美味。馬子才忍不住問陶生：「令姊手藝又好、長得又漂亮，怎麼沒有嫁人？」陶生回答：「時候還沒到。」馬子才問：「要到什麼時候？」陶生說：「再四十三個月。」馬子才又問：「這是怎麼說？」陶生只微笑卻不回答，於是兩人盡情歡飲以後才散去。過了一晚，馬子才又來看菊花，發現前一天新插的花已長到一尺高了，他覺得很奇怪，苦苦哀求陶生教他養菊的技術。陶生說：「這種種菊花的技巧是沒辦法用言語傳授的，況且你又不用靠種菊為生，何必學習這些方法呢？」又過了幾天，買花的人變少了，門外也恢復寂靜，陶生用蒲席把剩下的菊花打包，捆紮穩固後，載了幾車的花離開了。

過年後，春天快要過了一半，陶生才載著南方珍奇花卉回來了，並在京城開了一間花店。才過十天，帶回來的所有花卉都賣完了，他又回家種菊花。馬子才詢問去年有來買菊花的人，都說雖然菊根還留著，但第二年長出的花都變成劣等品種，所以再來向陶生買花。陶生因此日漸富裕起來，第一年加蓋新房舍，第二年則建造避暑的別墅。他做事隨心所欲，也不再與馬子才商量。由於原本的庭院菊田已蓋滿新房舍，陶生其他地方買了一片田地，在四周築起圍牆，全部用來種植菊花。到了秋天，陶生又載著菊花離開了，但是第二年春天結束了，他還是沒有回來。

馬子才妻子因病亡故，他其實對陶生的姊姊黃英有意思很久了，請人向她暗示，打探她的心意。黃英微笑不答，但意思好像答應了，只是要等陶生回來再確認。一整年過去了，陶生還是沒有回來，黃英親自教僕人們種菊，種菊的方法和陶生一樣。她把賣花所賺的錢與商人們合作投資，並在村子附近購置了二十頃的肥沃良田，宅院也整建得更加高大華麗。有一天，一個從廣東來的客人，帶來陶生的書信，信中囑咐姊姊嫁給馬子才。馬子才發現陶生寄信的日子，正好是他的妻子過世的那天，回憶起當時在菊園裡喝酒時所說的話，正好過了四十三個月，他覺得十分神奇，把信給黃英看，並詢問聘禮要送到何處。黃英推辭說不用送采禮，又說馬子才現在的住處老舊簡陋，要馬子才搬到南院來住。馬子才覺得好像是入贅到女方家裡，所以不願搬家。最後馬子才選定吉日，兩人舉行婚禮，把黃英迎娶到家裡面。

黃英嫁到馬家以後，在牆上開了一扇門，可以直通南院的家裡，這樣就可以每天到南院教導僕人照顧菊花。馬子才一直以妻子比自己富有為恥，常叮囑黃英把南北院的東西分開，以免混淆錯亂，但是每當黃英有需要的時候，還是常會拿南院的東西來用。不到半年，家裡可觸碰的東西幾乎都是從南院陶家拿來的了。馬子才發現後立即派人把東西一一送回南院，並告誡下人不要再拿南院的東西。但是不到十幾天，南北院的東西又混在一起了，幾次之後，馬子才自己也感到不勝其煩。黃英笑著說：「你簡直是古代的高士陳仲子，不覺得這樣太辛苦了嗎？」馬子才覺得慚愧，不再追究東西是不是南院拿來的，一切都聽黃英安排了。黃英召集工匠，籌辦材料，大興土木，馬子才也禁止不了。幾個月之後，樓房屋舍連綿，南北的房子連貫在一起，從此合而為一，不再分南院、北院了。黃英遵從馬子才的意見，不再以種菊、賣菊為業，但是家裡的經濟狀況，早已超越名門世家。馬子才不安地說：「我三十年來的清高品德，都被妳打壞了。現在生活在人世間，要靠妻子過日子，真是一點男子漢的氣概都沒有。一般人都祈求變富有，只有我祈求變貧窮吧！」黃英說：「我也不是貪婪鄙俗的人，但是如果不過得稍微富裕一點的生活，會讓千年以後的人譏笑陶淵明是貧賤命，百世不能發跡翻身，所以我只是為我們陶家的彭澤令爭一口氣罷了。窮人要變富有或許很困難，但富人要想變貧窮卻很容易。我床頭的銀子任郎君拿去捐，我不會阻攔！」馬子才說：「拿別人的銀子去捐獻，也不是什麼光彩的事。」黃英說：「你不願富有，我卻不能貧窮，沒辦法，我們乾脆分居好了，這樣清者自清，濁者自濁，誰也不妨礙對方。」黃英在院子裡為馬子才築了一間茅屋，並派婢女去服侍他。馬子才過得安然自在。只是過了幾天，就苦苦思念黃英，他邀黃英來茅屋，但黃英不肯，馬子才不得已，只好自己到豪宅與她相會。後來每隔一晚，馬子才就會去找黃英，慢慢變成常態。黃英笑他說：「吃飯在東邊，住宿在西邊，清廉之人應該不是這樣吧！」馬子才自己也跟著笑了，無法辯駁，後來乾脆搬回去，兩人又住在一起了。

碰巧有一次，馬子才到金陵辦事情，那時正好是菊花盛開的秋天。早晨偶然路過花店，看見店裡陳列著許多菊花，每盆都是名貴的品種，心裡湧現一個念頭，懷疑是陶生栽培的菊花。沒多久，花店主人走出來，果然真是陶生。馬子才大為驚喜，濤濤不絕地訴說久別的思念心情，於是住在陶生那裡。等到事情辦完，準備回家的時候，馬子才力邀陶生一起回去。陶生說：「金陵是我的故鄉，我打算在這裡結婚成家。我這段時間存了一些錢，麻煩你帶回去給我姊姊，年底的時候，我會回去暫住幾天。」馬子才不聽他的話，再三地邀他一起回家，並說：「家裡現在富裕充足，你可坐著享受就好，不必再種花賣花了。」他坐在花店裡，使喚僕人代陶生論價出售，因為開的價錢很便宜，幾天就把花都賣完了。於是催促著陶生整理行李，租了一艘船就一起北上。回到家裡，黃英已把房間收拾整理好，連床鋪被褥都準備好，好像預先知道弟弟會一起回來似的。陶生回家後，剛放下行李就督促僕役整修花園亭臺，每天只和馬子才一起下棋喝酒，不再與外面的客人往來。馬子才想要替他物色結婚對象，他都推辭不要。於是黃英送他兩個婢女，讓他收納為妾。過了三、四年，生下一個女兒。

陶生的酒量一向豪邁，從來沒看他喝醉。馬子才有個朋友叫曾生，酒量也是無人能比，有一天到馬家拜訪，馬子才讓他與陶生對飲，看誰的酒量比較大。兩人縱情喝酒，非常開心，都有相見恨晚的感慨。兩人從一大早一直喝到半夜四更，計算下來每個人都喝了上百壺酒。最後曾生喝得爛醉如泥，沉睡在座位上。陶生站起來想回房睡覺，結果一出門就絆到種菊花的田畦，整個人撲倒地上，結果身體竟然陷入土裡化成菊花，把衣服留在旁邊，那株菊花有一人高，開著十幾朵花，每朵都像拳頭大小。馬子才嚇得半死，急忙跑去告訴黃英。黃英急忙趕來，把菊花拔起來放在地上，一邊抱怨說：「怎麼會醉成這個樣子！」她把衣服蓋在菊花上，帶著馬子才一起離開，並告誡他千萬不能掀開衣服來看。等到天亮以後，馬子才去探望陶生，只見陶生躺在菊田邊。馬子才這才省悟了解黃英和陶生都是菊花精，因此更加敬愛他們。陶生自從露出真實相貌以後，更加放縱豪飲，常寫信邀曾生來喝酒，兩人因而成為莫逆之交的好朋友。

正值春天百花盛開的時期，曾生又來拜訪，並叫兩個僕人扛著一大罈用藥草浸泡的白酒，與陶生約定要把這罈酒喝乾。那罈酒都快喝完了，兩人還沒什麼醉意，馬子才於是又替他們加了一瓶酒在罈子裡，兩人很快又喝光了。此時曾生已經醉得東倒西歪，僕人們就背著他回去。陶生也醉倒在地，又化為一株菊花。有了上次的經驗，馬子才這次並不驚慌，學著黃英那樣把菊花拔起來，又用衣服蓋上，並守在旁邊，觀察他的變化，等了許久，只見葉子逐漸枯萎凋零，馬子才突然意識到事態嚴重，十分惶恐，才急忙去告訴黃英。黃英聽了，驚慌地說：「這樣是害死我弟弟啊！」她飛奔去看陶生，只見那株菊花已經連根都乾枯了。黃英非常悲痛，掐了一段菊梗埋在花盆裡，帶回自己的房間，每天用水澆灌。馬子才更是悔恨、悲痛至極，十分埋怨曾生。幾天之後，聽說曾生也已經醉死了。

黃英帶回房裡的盆菊慢慢發芽，到了九月，花朵綻開。這株菊花的枝幹短小，開粉紅色的花，聞起來彷彿有股酒香，於是取名為「醉陶」，如果用酒來澆灌，就會長得更加茂盛。陶生的女兒長大成人以後，嫁給世家子弟。黃英則活到年老壽終正寢，並沒有什麼怪異現象。

異史氏說：青山白雲般瀟灑之人醉死了，世人都覺得惋惜，而他自己未必不認為是一大快事。把「醉陶」種在庭院裡，如同終日看到好友，也像整天面對美女，一定要去找這樣的花來栽栽啊！

◈馬子才，順天人。世好菊，至才尤甚，聞有佳種，必購之，千里不憚。一日，有金陵客寓其家，自言其中表親有一二種，為北方所無。馬欣動，即刻治裝，從客至金陵。客多方為之營求，得兩芽，裹藏如寶。歸至中途，遇一少年，跨蹇從油碧車，丰姿灑落，漸近與語。少年自言陶姓，談言騷雅。因問馬所自來，實告之。少年曰：「種無不佳，培溉在人。」因與論藝菊之法。馬大悅，問將何往？答云：「姊厭金陵，欲卜居於河朔耳。」馬欣然曰：「僕雖固貧，茅廬可以寄榻。不嫌荒陋，無煩他適。」陶趨車前，向姊咨稟，車中人推簾語，乃二十許絕世美人也。顧弟言：「屋不厭卑，而院宜得廣。」馬代諾之，遂與俱歸。

第南有荒圃，僅小室三四椽，陶喜，居之。日過北院，為馬治菊，菊已枯，拔根再植之，無不活。然家清貧，陶日與馬共食飲，而察其家似不舉火。馬妻呂，亦愛陶姊，不時以升斗餽卹之。陶姊小字黃英，雅善談，輒過呂所，與共紉績。

陶一日謂馬曰：「君家固不豐，僕日以口腹累知交，胡可為常。為今計，賣菊亦足謀生。」馬素介，聞陶言，甚鄙之，曰：「僕以君風流高士，當能安貧。今作是論，則以東籬為市井，有辱黃花矣。」陶笑曰：「自食其力不為貪，販花為業不為俗。人固不可苟求富，然亦不必務求貧也。」馬不語，陶起而出。自是馬所棄殘枝劣種，陶悉掇拾而去。由此不復就馬寢食，招之始一至。

未幾菊開，聞其門囂喧如市，怪之，過而窺焉。見市人買花者，車載肩負，道相屬也。其花皆異種，目所未睹，心厭其貪，欲與絕，而又恨其私祕佳本，遂款其扉，將就誚讓。陶出，握手曳入，見荒庭半畝皆菊畦，數椽之外無曠土。斸去者則折別枝插補之，其蓓蕾在畦者，罔不佳妙，而細認之，皆向所拔棄也。

陶入屋，出酒饌設席畦側。曰：「僕貧不能守清戒，連朝幸得微貲，頗足供醉。」少間，房中呼三郎，陶諾而去。俄獻佳肴，烹飪良精。因問：「貴姊胡以不字？」答云：「時未至。」問：「何時？」曰：「四十三月。」又詰：「何說？」但笑不言，盡歡始散。過宿，又詣之，新插者已盈尺矣，大奇之，苦求其術。陶曰：「此固非可言傳，且君不以謀生，焉用此？」又數日，門庭略寂，陶乃以蒲席包菊，捆載數車而去。

踰歲，春將半，始載南中異卉而歸，於都中設花肆，十日盡售，復歸藝菊。問之去年買花者，留其根，次年盡變而劣，乃復購於陶。陶由此日富，一年增舍，二年起夏屋。興作從心，更不謀諸主人。漸而舊日花畦，盡為廊舍，更買田一區，築墉四周，悉種菊，至秋載花去，春盡不歸。

而馬妻病卒，意屬黃英，微使人風示之。黃英微笑，意似允許，惟專候陶歸而已。年餘，陶竟不至，黃英課僕種菊，一如陶。得金益合商賈，村外治膏田二十頃，甲第益壯。忽有客自東粵來，寄陶函信，發之，則囑姊歸馬。考其寄書之日，即妻死之日，回憶園中之飲，適四十三月也，大奇之。以書示英，請問致聘何所？英辭不受采，又以故居陋，欲使就南第居，若贅焉。馬不可，擇日行親迎禮。

黃英既適馬，於壁間開扉通南第，日過課其僕。馬恥以妻富，恆囑黃英作南北籍，以防淆亂，而家所須，黃英輒取諸南第。不半歲，家中觸類皆陶家物，馬立遣人一一賫還之，戒勿復取。未浹旬，又雜之，凡數更，馬不勝煩。黃英笑曰：「陳仲子毋乃勞乎？」馬慚，不復稽，一切聽諸黃英。鳩工庀料，土木大作，馬不能禁。經數月，樓舍連亙，兩第竟合為一，不分疆界矣。然遵馬教，閉門不復業菊，而享用過於世家。馬不自安，曰：「僕三十年清德，為卿所累。今視息人間，徒依裙帶而食，真無一毫丈夫氣矣。人皆祝富，我但祝窮耳。」黃英曰：「妾非貪鄙，但不少致豐盈，遂令千載下人謂淵明貧賤骨，百世不能發跡，故聊為我家彭澤解嘲耳。然貧者願富為難，富者求貧固亦甚易。牀頭金任君揮去之，妾不靳也。」馬曰：「捐他人之金，抑亦良醜。」英曰：「君不願富，妾亦不能貧也。無已，析君居，清者自清，濁者自濁，何害？」乃於園中築茅茨，擇美婢往侍馬，馬安之。然過數日，苦念黃英，招之，不肯至，不得已，反就之，隔宿輒至，以為常。黃英笑曰：「東食西宿，廉者當不如是。」馬亦自笑，無以對，遂復合居如初。

會馬以事客金陵，適逢菊秋，早過花肆，見肆中盆列甚煩，款朵佳勝，心動，疑類陶製。少間，主人出，果陶也。喜極，具道契闊，遂止宿。馬要之歸，陶曰：「金陵吾故土，將婚於是。積有薄貲，煩寄吾姊。我歲杪當暫去。」馬不聽，請之益苦，且曰：「家幸充盈，但可坐享，無須復賈。」坐肆中，使僕代論價，廉其直，數日盡售。逼促囊裝，賃舟遂北。入門，則姊已除舍，牀榻裀褥皆設，若預知弟也歸者。陶自歸，解裝課役，大修亭園，惟日與馬共棋酒，更不復結一客。為之擇婚，辭不願，姊遣兩婢侍其寢處，居三四年，生一女。

陶飲素豪，從不見其沉醉。有友人曾生，量亦無對，適過馬，馬使與陶相較飲。二人縱飲甚歡，恨相得晚。自辰以訖四漏，計各盡百壺。曾爛醉如泥，沉睡座間，陶起歸寢，出門，踐菊畦，玉山傾倒，委衣於側，即地化為菊，高如人，花十餘朵，皆大於拳。馬駭絕，告黃英，英急往，拔置地上，曰：「胡醉至此？」覆以衣，要馬俱去，戒勿視。既明而往，則陶臥畦邊，馬乃悟姊弟菊精也，益愛敬之。而陶自露跡，飲益放，恆自折柬招曾，因與莫逆。

值花朝，曾來造訪，以兩僕舁藥，浸白酒一罈，約與共盡。罈將竭，二人猶未甚醉，馬潛以一瓻續入之，二人又盡之。曾醉已憊，諸僕負之以去。陶臥地，又化為菊，馬見慣不驚，如法拔之，守其旁以觀其變，久之，葉益憔悴，大懼，始告黃英。英聞駭曰：

「殺吾弟矣！」奔視之，根株已枯。痛絕，掐其梗埋盆中，攜入閨中，日灌溉之。馬悔恨欲絕，甚怨曾。越數日，聞曾已醉死矣。盆中花漸萌，九月既開，短幹粉朵，嗅之有酒香，名之「醉陶」，澆以酒，則茂。後女長成，嫁於世家。黃英終老，亦無他異。

異史氏曰：青山白雲人，遂以醉死，世盡惜之，而未必不自以為快也。植此種於庭中，如見良友，如對麗人，不可不物色之也。

愛喝酒的櫻桃樹精

出自：《新齊諧》

熊太史名本，租房子居住在京師的半截胡同裡，和編修令莊輿是鄰居，兩個人每天晚上都會陳設酒宴相互往來，輪流到對方家裡喝酒。

八月十二日的晚上，莊輿準備酒菜邀請熊本到家裡，主客兩人一起坐下後，正準備開始喝酒的時候，桐城相公忽然派人來找莊輿過去，熊本知道他不久就會回來，於是留在莊家，獨自喝酒等他。熊本倒了一杯放在桌子上，自己還沒喝，酒杯居然已經空了，剛開始他還懷疑是不是自己記錯了，又倒了一杯酒，不久看有一隻藍色的巨手從桌子下伸出來拿酒杯，熊本連忙站了起來，藍手的主人也跟著站了起來，那人的頭、眼睛、皮膚、頭髮，沒有一個地方不是藍色的。熊本立刻大聲呼叫，莊、熊兩家的奴僕全部趕來，舉起燭火照明，卻什麼東西也沒有。

莊輿回來以後聽到這件怪事，笑著問熊本說：「你今天晚上敢睡在這裡嗎？」熊本年少膽大，氣勢豪壯，立即命令童僕拿來被子和枕頭放在床榻上，然後揮手叫童僕出去，自己則是獨自拿著一把寶劍坐在床上。這把寶劍是大將軍年羹堯贈送給他的，當年大將軍平定青海時，用這把劍殺人無數。

當時秋風怒號，斜月冷冷地照進窗子，床榻掛著綠色的紗帳，房間空曠澄淨。三更的街鼓響起，熊本心裡害怕這個怪物，始終無法入睡。忽然間，桌子上鏗然一聲，一個酒杯丟了進來，又再鏗然一聲，又一個酒杯丟進來。熊本笑著說：「偷酒的傢伙來了。」過沒多久，一條腿從東窗進來，接著是一隻眼睛、一隻耳朵、一隻手、半個鼻子、半張口；另一條腿則從西窗進來，另一隻眼睛、一隻耳朵、一隻手、半個鼻子、半張口也跟著進來，好像把人的身體從中間切成兩半，而且全部都是藍色的。不久，兩邊合而為一，閃爍著大眼睛怒瞪著紗帳裡，一股寒氣逐漸逼近，忽然間，紗帳打開，熊本拔出寶劍砍了出來，命中妖怪的手臂，但觸感有如砍到棉絮，一點聲音也沒有。妖怪從窗戶逃走，熊本連忙追了出去，追到櫻桃樹下，妖怪就不見蹤影。

第二天一早，莊輿起來以後，發現窗外有血痕，急忙進房詢問熊本，熊本把昨天半夜發生的事說了一遍。於是莊輿命人砍倒櫻桃樹，再用大火焚燒，還隱約聞得到酒氣。窗外有個守門的老奴僕，又聾又盲，他睡覺的床榻就是妖怪出入經過的地方，但是老奴僕卻一點感覺也沒有，依然鼾聲如雷。

熊本後來活到八十多歲，長子擔任浙江巡撫，次子擔任湖南監司，他常常笑著跟別人說：「我當年用膽氣、福氣戰勝妖怪，但終究比不上那個守門的老奴僕，雖然又聾又瞽，但態度鎮定，完全沒把妖怪放在眼裡呢！」

◈熊太史本，僦居京師之半截胡同，與莊編修令輿居相鄰，每夜置酒，互相過從。

八月十二日夜，莊具酒飲熊，賓主共坐。忽桐城相公遣人來招莊去，熊知其即歸，獨酌待之。自斟一杯置几上，未及飲，杯已空矣。初猶疑己之忘之也，又斟一杯伺之。見有巨手藍色從几下伸出探杯，熊起立，藍手者亦起立，其人頭、目、面、髮，無一不藍。熊大呼，兩家奴悉至，燭照，無一物。

莊歸聞之，戲熊曰：「君敢宿此乎？」熊年少氣豪，即命童奴取被枕置榻上，而麾童出，獨持一劍坐。劍者，大將軍年羹堯所贈，平青海血人無算者也。

時秋風怒號，斜月冷照，榻施綠紗帳，空明澄澈。街鼓鳴三更，心怯此怪，終不能寐。忽几上鏗然擲一酒杯，再鏗然擲一酒杯。熊笑曰：「偷酒者來矣。」俄而一腿自東窗進，一目、一耳、一手、半鼻、半口；一腿自西窗進，一目、一耳、一手、半鼻、半口，似將人身當中分鋸作兩半者，皆作藍色。俄合為一，睒睒然怒睨帳中，冷氣漸逼，帳忽自開。熊起拔劍砍之，中鬼臂，如著敝絮，了無聲響。奔窗逃去，熊追至櫻桃樹下而滅。

次早，主人起，見窗外有血痕，急來詢問，熊告所以。乃斬櫻桃樹焚之，尚帶酒氣。窗外有司閽奴，老矣，既聾且瞽，所臥窗榻乃鬼出入經過處，杳無聞見，鼾聲如雷。

熊後年登八旬，長子巡撫浙江，次子監司湖南，常笑謂人曰：「余以膽氣、福氣勝妖，終不如司閽奴之聾且瞽尤勝妖也。」

關於《新齊諧》

作者為袁枚（1716～1797）。清代著名筆記故事集。本書初名《子不語》，因元代說部中有同名作品，遂更名為《新齊諧》，取自《莊子．逍遙遊》：「齊諧者，志怪者也。」雖然所記的都是「怪力亂神」故事，但旨在嘲諷批評，某種程度反映出袁枚個人的思想和當時社會面貌。

沒有影子的棗樹精

出自：《閱微草堂筆記》

內閣大學士汪曉園，租房子住在閻王廟街的一座宅院裡，庭院有一棵棗樹，是百年以上的古樹。每當滿月的晚上，就會看見在樹頂斜斜的樹枝上，有一個紅衣女子垂著雙腳坐在那裡，仰起頭看著月亮，完全不看其他人。想要走近看時，女子卻不見了；退後遠遠地看時，就仍在原來的地方。

他曾經讓二個人做實驗，一個站在樹下看，另一個在房間裡看。房間裡的人看到站在樹下的人舉手的時候快碰到女子的腳，但站樹下的人卻什麼也沒看到。當看得到女子時，低頭看地上，會看到樹有影子，而女子卻沒有影子；對著女子丟瓦片、石頭，會直接穿透她的身體，絲毫沒有阻礙；用火槍射她，形體會隨著槍聲消散，但槍砲火藥的硝煙一過，又回復原本的樣子。

房屋的主人說：「從買下這座宅院時就有這個妖怪，但從來不會對人造成傷害，所以一直跟她相安無事。」花草樹木成精成怪，是常有的事情，大多都是幻化成人或動物的樣子與人互動往來。但這個精怪完全不動也不說話，獨自枯坐在一根樹枝上，就實在不知道是什麼原因了。汪曉園擔心這女子會成為禍患，就搬家到別的地方居住。後來屋主找人伐樹，那個精怪才消失不見。

◈汪閣學曉園，僦居閻王廟街一宅，庭有棗樹，百年以外物也。每月明之夕，輒見斜柯上，一紅衣女子垂足坐，翹著向月，殊不顧人。迫之則不見，退而望之，則仍在故處。嘗使二人一立樹下，一在室中。室中人見樹下人，手及其足，樹下人固無所睹也。當望見時，俯視地上樹有影，而女子無影。投以瓦石，虛空無礙，擊以銃，應聲散滅，煙𤇆一過，旋復本形。

主人云：「自買是宅即有是怪，然不為人害，故人亦相安。」夫木魅花妖，事所恒有，大抵變幻者居多。茲獨不動不言，枯坐一枝之上，殊莫明其故。曉園慮其為患，移居避之。後主人伐樹，其怪乃絕。

關於《閱微草堂筆記》

作者為紀昀（1724～1805），清代文言筆記小說，此書收集當時代前後的各種鬼神狐仙、奇聞軼事，描述官場百態，勸善戒惡，講因果報應，對當時社會問題有所探討。本書常與《聊齋志異》相提並論，可視為文言小說的巔峰。

修煉化人的雄杏精

出自：《閱微草堂筆記》

益都的朱天門說，有個書生賃居住在京師的雲居寺，看到有一個小男童大約十四、五歲左右，常常進出寺中。書生是個行為放蕩的人，引誘小男童與他親熱，並留他一起睡覺過夜。天亮以後，有個來參拜的香客推開門進來，書生覺得很尷尬慚愧，但那個香客卻好像沒看到小男童。不久，寺僧送茶進來，也好像沒有看過小男童，書生覺得很奇怪，等到他們離開以後，抱緊男童問他怎麼一回事，小男童說：「你不要害怕，我其實是杏花精。」書生驚駭地說：「你是來魅惑我、吸我精氣的嗎？」小男童說：「『精』與『魅』不一樣。山魈厲鬼，依附在草木上來作祟害人，稱為『魅』；千年的老樹吸收日月精華，經過長久的聚積而成形，如同道家透過修行結聖胎，稱為『精』。魅會害人，精則不會害人。」書生問：「花妖大多是女孩子，為什麼只有你是男孩子？」杏精說：「杏有分雌雄，我是雄杏。」書生又問：「那你為什麼願意像女子一樣跟我交好？」杏精說：「我和你有一段前緣。」書生又再問：「人和草木難道也有緣分嗎？」杏精慚愧了好一陣子，才說：「如果沒有借助人的精氣，就無法修煉成形，所以才會這樣。」書生不高興地說：「這麼說來，你還是有吸取我的精氣！」於是推開枕頭就站了起來，杏精也惱怒地離去。

那個書生能夠懸崖勒馬，及時醒悟，可以說是有大智慧。

◈益都朱天門言，有書生僦住京師雲居寺，見小童年十四五，時來往寺中。書生故蕩子，誘與狎，因留共宿。天曉有客排闥入，書生窘愧，而客若無睹。俄僧送茶入，亦若無睹，書生疑有異。客去，擁而固問之，童曰：「公勿怖，我實杏花之精也。」書生駭曰：「子其魅我乎？」童曰：「精與魅不同。山魈厲鬼，依草附木而為祟，是之謂魅；老樹千年，英華內聚，積久而成形，如道家之結聖胎，是之謂精。魅為人害，精則不為人害也。」問：「花妖多女子，子何獨男？」曰：「杏有雌雄，吾故雄杏也。」又問：「何為而雌伏？」曰：「前緣也。」又問：「人與草木安有緣？」慙沮良久，曰：「非借人精氣，不能煉形，故也。」書生曰：「然則子仍魅我耳。」推枕遽起。童亦艴然去。

書生懸崖勒馬，可謂大智慧矣。

第三部　物品化精怪

豪宅裡的金銀錢精

出自：《列異傳》

有一個叫張奮的人，家裡本來是有錢人家，後來家道突然中落衰敗，於是把房子賣給黎陽的程家。程家的人搬進去居住後，竟然陸續有人生病、死亡，於是這間房子又轉手賣給了鄴城人何文。

何文住進房子以後，等到天黑，手上拿著刀子，爬上北邊廳堂的中梁，靜坐在梁柱上觀察。到了半夜二更結束時，忽然看見有一人，身高只有一丈多，戴著高帽子，穿著黃色衣服，登上廳堂大聲呼喊著問說：「細腰！房子裡為什麼有陌生人的氣味。」那個細腰回答說：「沒有啊。」不久，有一個戴著高帽子、穿著青色衣服的人，也來到廳堂上問了同樣的話；沒多久，又有一個戴著高帽子、穿著白色衣服的人，也重複了同樣的對話。

等到快要天亮的時候，何文才從梁柱上下來廳堂裡，仿照著剛才那幾個人問話的口氣和方式，大喊著問說：「那個黃色衣服的人是誰？」那個聲音回答說：「那是黃金，在廳堂西邊的牆壁底下。」何文又問：「那個青色衣服的人是誰？」那個聲音回答說：「那是錢，埋在廳堂前的井邊五步左右。」何文又問：「那個白色衣服的人是誰？」那個聲音回答說：「那是白銀，埋在牆壁東北邊的柱子下面。」何文最後又問：「那你是誰？」那個聲音回答說：「我是用來搗東西的杵，在廚房的灶下。」到了天亳以後，何文按照順序把這些位置都挖了一遍，得到了黃金、白銀各五百斤、錢一千多萬；另外何文又到廚房把杵拿出來焚燒，整座宅院於是變得清淨平安。

◈張奮者，家巨富，後暴衰，遂賣宅與黎陽程家。程入居，死病相繼，轉賣與鄴人何文。文日暮，乃持刀，上北堂中梁上坐。至二更竟，忽見一人，長丈餘，高冠黃衣，升堂呼問：「細腰，舍中何以有生人氣也。答曰：「無之。」須臾，有一高冠青衣者，次之，又有高冠白衣者，問答並如前。

及將曙，文乃下堂中，如向法呼之。問曰：「黃衣者誰也？」曰：「金也，在堂西壁下。」「青衣者誰也？」曰：「錢也。在堂前井邊五步。」「白衣者誰也？」曰：「銀也，在墻東北角柱下。」「汝誰也？」曰：「我杵也，在竈下。」及曉，文按次掘之，得金銀各五百斤，錢千餘萬；仍取杵焚之，宅遂清安。

關於《列異傳》

《列異傳》據說是魏文帝曹丕（187-226）所寫的志怪小說集，也是現存最早的一部描寫鬼類故事的志怪小說，對後代鬼魅小說的描寫有著巨大的影響，其中有許多的故事情節被後代的志怪小說所採用及改編。

精通兵法的棋盤精

出自：《瀟湘錄》

唐朝的將領馬舉在鎮守淮南的時候，有人帶了一個棋盤來獻給他，棋盤上面鑲著許多珍珠及玉石，馬舉於是給那個人千萬錢的賞金後，收下這個棋盤。過了幾天，棋盤忽然不見了，馬舉派人四處尋找，卻都找不到。

有一天，有個老人拄著拐杖到馬家門口，請求謁見馬舉。馬舉接見這老人，問他有什麼事，老人一開口就大談兵法，馬舉遠遠地坐在座位上向他提問。老人說：「現在天下紛亂，正是用兵的時候，將軍為什麼不多研究兵法和戰略？這樣才能帶領軍隊抵禦敵人入侵。如果不是這樣，你鎮守在這裡能夠有什麼作為呢？」馬舉回答說：「我光是要治理百姓就忙得精疲力盡了，實在沒有時間去研究學習用兵法和戰術啊！多虧先生願意委屈自己來看我，不知道要教導我什麼？」

老人說：「兵法是絕對不能荒廢的，一旦荒廢了，禍亂就會出現了，禍亂出現後，老百姓就會疲於奔命，從來沒聽過在這種情況下還能把國家治理好的。假如可以先用兵法來訓練軍隊，軍隊訓練好了，領軍的軍官自然也會很精悍；軍官精悍，兵卒自然也會勇猛。況且一個好的軍官，在於能夠識別戰事的優劣，明察時勢的順逆，敢冒著箭矢飛石奮勇前進，對抗敵人鋒利的刀槍。至於好的兵卒，則要能夠服從命令，毫不猶豫地赴湯蹈火、出生入死，不會畏縮逃避、臨陣脫逃。現在將軍既然位居藩鎮大將，統領部隊，更應該具備統帥的才能，不能怠忽職守啊！」

馬舉問：「請問當一個統帥應該要怎麼做？」老人回答說：「身為統帥，首先要奪取有利的地形，其次是與敵人對陣。使用一名兵卒，一定要先考慮到他的生死存亡；看見一條道路，一定要先想好如何進去和怎樣出來。至於衝關陷陣，雖然是軍隊的日常公事，但也不能輕忽隨便、掉以輕心。常有人為了保全局部的利益反而錯失大局，急著殺敵取勝卻反而連番敗仗。占據險要的地形時，就要設下疑兵，以擾亂敵軍；需要出其不意地發動突襲時，千萬不可以猶豫不決或疑神疑鬼。萬一戰況膠著，或是強弱險易相差懸殊，軍隊無法向前推進，就要先尋求退路，保存戰力。如果接連打勝仗時，就要小心可能吃敗仗，甚至可以反過來以驕兵必敗欺騙敵人。如果能夠深刻地領悟上面說的原則，就算具備了一個統帥該有的才能與知識了。」

馬舉聽完十分驚訝，便問說：「請問先生哪裡人？為什麼學識如此精深淵博？」老人說：「我是南山人，生性率直剛強。從小喜歡奇異怪誕的事。認識我的人都稱讚我心懷韜略、胸懷長才。因為經歷許多戰事，所以熟悉各種用兵之法。但是天地之間，萬事萬物盛極必衰，況且人的身體只是暫時聚合而成，尤其不堅實牢固，不可能長久在世上。今日無事，姑且與將軍會面閒聊，談論兵法的要點，希望將軍能夠稍加留意。」

老人說完，就要告辭離去，馬舉再三挽留，邀請老人在客房住一晚。到了晚上，馬舉派左右的人去請老人過來，但客房裡不見人影，只看到桌上擺了一個棋盤。仔細一看，正是先前遺失的那個。馬舉料想這個棋盤一定是精怪，命人拿著古鏡照它。棋盤被古鏡一照以後，忽然彈跳起來，但似乎還來不及變化，就掉在地上摔碎了。馬舉感到非常驚訝，於是命人把棋盤的碎片給燒了。

◈馬舉鎮淮南日。有人攜一碁局獻之，皆飾以珠玉，舉與錢千萬而納焉。數日，忽失其所在，舉命求之，未得。而忽有一叟，策杖詣門，請見舉，多言兵法，舉遙坐以問之。叟曰：「方今正用兵之時也，公何不求兵機戰術，而將禦寇讎？若不如是，又何作鎮之為也？」公曰：「僕且治疲民，未暇於兵機戰法也。幸先生辱顧，其何以教之？」

老叟曰：「夫兵法不可廢也，廢則亂生，亂生則民疲，而治則非所聞。曷若先以法而治兵，兵治而後將校精，將校精而後士卒勇。且夫將校者，在乎識虛盈，明向背，冒矢石，觸鋒刃也。士卒者，在乎赴湯蹈火，出死入生，不旋踵而一焉。今公既為列藩連帥，當有為帥之才，不可曠職也。」

舉曰：「敢問為帥之事何如？」叟曰：「夫為帥也，必先取勝地，次對於敵軍。用一卒，必思之於生死；見一路，必察之於出入。至於衝關入劫，雖軍中之餘事，亦不可忘也。仍有全小而捨大，急殺而屢逃。據其險地，張其疑兵；妙在急攻，不可持疑也。其或遲速未決，險易相懸，前進不能，差須求活。屢勝必敗，慎在欺敵。若深測此術，則為帥之道畢矣。」

舉驚異之，謂叟曰：「先生何許人。何學之深耶？」叟曰：「余南山木強之人也。自幼好奇尚異，人人多以為有韜玉含珠之譽。屢經戰爭，故盡識兵家之事。但乾坤之內，物無不衰。況假合之體，殊不堅牢，豈得更久耶。聊得晤言，一述兵家之要耳，幸明公稍留意焉。」

因遽辭，公堅留，延於客館。至夜，令左右召之，見室內唯一碁局耳。乃是所失之者。公知其精怪，遂令左右以古鏡照之。棋局忽躍起，墜地而碎，似不能變化。公甚驚異，乃令盡焚之。

求人背負的棺材板

出自：《三水小牘》

唐懿宗咸通八年，隴西人李夷遇擔任陝西邠州的從事官。有個僕人名叫李約，是李夷遇在參加科舉考試，進士登第的時候僱用的。李約做事敏捷謹慎，擅長行走，所以常常派他擔任信使進京送信。那年的秋天七月，李約從京師要返回邠州，他從一早就趕路，連走了好幾十里，一直到報時的更鼓聲響起才停下來，疲倦地在一棵大古槐樹下休息。當時月光照進了樹稍，殘餘的光芒照著天色微明，有一個滿頭白髮的老人，駝著背拄著拐杖，也走到李約身旁的大槐樹坐下。老人坐下後開始不停地發出呻吟，過了很久對李約說：「老頭子想要去咸陽城，但是雙腿行動不便，走起路來步履蹣跚，你如果有道義之心，不知道能不能背我走一程？」李約心中有點不高興，故意不回應他。老人又再三請求，李約覺得不耐煩，才跟他說：「好吧！你爬到我的背上吧！」老人於是高興地爬到李約背上。

李約知道這個老人必定是鬼怪，於是暗中把身上配帶的防身棍從後面固定住老人，然後一路疾奔快跑，就在快要抵達長安城的開遠門時，東邊的天空漸漸亮了起來。老人多次請求李約把他放下來，李約說：「為什麼一開始硬要我背你？現在反而畏懼我、急著叫我放你下來？」一邊說，一邊把棍子壓得更緊。老人開始語無倫次，嘴裡不知所云，只是不停哀求李約饒命，李約不理他，忽然覺得背上變輕了，有個物品墜落到地上，仔細一看，原來是一塊老舊朽壞的棺材板，而那個老人已經消失得無影無蹤，李約於是把那塊棺材板隨便丟棄在牆邊，後來也沒有再發生什麼不幸的災禍。

◈咸通丁亥歲，隴西李夷遇，為邠州從事。有僕曰李約，乃夷遇登第時所使也。愿捷善行，故常令郵書入京。其秋七月，李約自京還邠，早行數里，鼓方始絕，倦憩古槐下。時月映林杪，餘光向明。有一父皤然，傴而曳杖，亦來同坐。既坐而呻吟不絕，良久謂約曰：「老父欲至咸陽，而蹣跚不良於行，若有義心，能負我乎？」約怒不應。父請之不已，約乃謂曰：「可登背。」父欣然而上。

約知其鬼怪也，陰以所持哥舒棒自後束之而趨，將及開遠門，東方明矣。父數請下，約謂曰：「何相侮而見登？何相憚而見舍？」束之愈急。父言語無次，求哀請命，約不答，忽覺背輕，有物墜地，視之，乃舊敗柩板也。父已化去，擲於里垣下，後亦無咎。

關於《三水小牘》

作者是晚唐的皇甫枚，生卒年不詳。本書是短篇的傳奇小說集，主要記載了晚唐的異聞軼事，一部分帶有神怪色彩。皇甫枚的祖籍是安定三水（今甘肅省涇州縣北），所以把本書命名為《三水小牘》。

喜愛吟詩的器物精

出自：《玄怪錄》

唐肅宗寶應年間，有一個人叫做元無有，曾經在仲春的尾聲，獨自一個人在揚州的郊野行走，天色漸漸暗了，突然有大風雨來臨，當時正是安史之亂之後，兵荒馬亂的時期，很多平民百姓棄家逃竄，於是元無有躲進路旁一座無人居住的莊園避雨。

不久，雨停了，天空明朗，一彎斜月出現在天邊。元無有在廳堂北邊的窗戶邊休息，忽然聽到西邊的走廊上有人行走的聲音。沒多久，就有人走進廳堂裡。只見一共有四個人，身上的衣服帽子都不一樣，彼此聊天聊得很開心，還一起誦讀詩文，暢快不已，其中一人便說：「今晚的天氣像秋天一樣清爽，風月景色如此美麗，我們怎麼能不寫點文句，來敘述個人生平事跡呢？」另一個人立即說好，大家用聯句的方式隨口吟詩吧。他們誦讀詩文的聲音洪亮，元無有在一旁聽得非常清楚。

第一個人服飾尊貴，身材高瘦，首先說：「齊紈魯縞如霜雪，寥亮高聲予所發。」（因為有我，齊國和魯國出產的白色絹帛，才能皎潔地有如霜雪一樣，那清澈嘹亮的搗練聲，是我發出來的。）

第二個人身穿黑色衣帽，身材矮小，說：「嘉賓良會清夜時，煌煌燈燭我能持。」（嘉賓貴客們在清幽的夜晚聚會時，那明亮輝煌的燈燭是我拿著的。）

第三個人穿戴著破舊的黃色衣帽，身材也矮小，吟誦說：「清冷之泉候朝汲，桑綆相牽常出入。」（清澈冰涼的泉水等待著我一早前去汲取，桑樹皮製成的汲水繩牽引著我進出泉水中。）

第四個人穿戴破舊的黑色衣冠，吟誦說：「爨薪貯泉相煎熬，充他口腹我為勞。」（忍受柴火燃燒，儲存清水，熬煮食物，填飽人們的口腹都是我的功勞。）

元無有不覺得他們四個人有什麼怪異之處，而那四個人也沒有想到元無有會在這廣大的廳堂角落，因此相互稱讚褒揚對方的詩句，羨慕對方對自己成就的自負，更覺得他們所作的聯句，就算是魏晉時期的阮籍所作的〈詠懷〉詩也沒有比他們更好。

那四個人一直聊到快天亮，才各自回到他們的處所，元無有四處尋找他們的蹤跡，廳堂裡只找到了一根舊的搗衣杵、一座燭臺、一個水桶以及一個破鍋子。他這才知道，原來那四個人就是這四樣東西所變化而成的。

寶應中，有元無有，嘗以仲春末獨行維揚郊野。值日晚，風雨大至。時兵荒後，人戶逃竄，入路旁空莊。

須臾，霽止，斜月自出。無有憩北軒，忽聞西廊有人行聲。未幾，至堂中。有四人，衣冠皆異，相與談諧，吟詠甚暢，乃云：「今夕如秋，風月如此，吾黨豈不為文，以紀平生之事？」其文即曰口號聯句也。吟詠既朗，無有聽之甚悉。

其一衣冠長人即先吟曰：「齊紈魯縞如霜雪，寥亮高聲予所發。」

其二黑衣冠短陋人，詩曰：「嘉賓良會清夜時，煌煌燈燭我能持。」

其三故弊黃衣冠人亦短陋，詩曰：「清冷之泉候朝汲，桑綆相牽常出入。」

其四故黑衣冠人，詩曰：「爨薪貯泉相煎熬，充他口腹我為勞。」

無有亦不以四人為異，四人亦不虞無有之在堂隍也。遞相褒賞，羨其自負。則雖阮嗣宗〈詠懷〉，亦若不能加矣。

四人遲明方歸舊所，無有就尋之，堂中惟有故杵、燈臺、水桶、破鐺。乃知四人，即此物所為也。

關於《玄怪錄》

《玄怪錄》，又稱《幽怪錄》，一般認為作者是唐代的牛僧孺（780~848），是一本唐代傳奇小說集。《玄怪錄》本來有十卷，現在已經亡佚了，而在宋代的《太平廣記》中，則收錄保存了三十一篇。

出口成章的毛筆精

出自：《宣室志》

唐憲宗元和年間，河北博陵人崔谷從汝鄭來到京城，寄居在長安城的延福里。有一天，他在窗戶下讀書，忽然看見一個童子，身高不到一尺，頭髮自然下垂，身穿黃色的衣服，從北面的短牆下跑到崔谷的床榻前，並告訴崔谷說：「希望能夠寄住在您的硯臺上，可以嗎？」崔谷沒有理會他。那童子又說：「別看我的個子小，我正值年輕力壯，願意聽從您的使喚，為什麼要拒我於千里之外呢？」崔谷還是不理他。不久，那童子跳上崔谷的床榻，雀躍又恭敬地站在那裡很久，從袖子裡拿出一小幅文書放在崔谷面前，原來是一首詩，上面細細的字小得像粟米一樣，但一筆一劃卻清晰可辨。詩上說：「昔荷蒙恬惠，尋遭仲叔投。夫君不指使，何處覓銀鉤。」（過去曾受到秦代蒙恬的恩惠，不久又被漢代的班超丟棄。如果您現在又不願意使用我，該去哪裡找人讓我寫出曲勁有力的書法呢？）崔谷看完以後，笑著跟他說：「既然你願意跟隨我，那就不要後悔啊！」那童子又拿出一首詩，丟在桌子上，詩上說：「學問從君有，詩書自我傳。須知王逸少，名價動千年。」

（學問在您身上，但您寫的詩書則要靠我來流傳。您看那個書聖王羲之，名聲和身價可以流傳千年。）崔谷說：「我沒有王羲之那樣的才華，就算得到你的幫助，又能有什麼用？」不久，那童子又丟出一首詩說：「能令音信通千里，解致龍蛇運八行。惆悵江生不相賞，應緣自負好文章。」（我能夠使音信傳給千里之外的人，能夠驅使如龍蛇的筆勢精深的文句。可惜江淹不懂得賞識我，應該是因為他自負擁有好文章。）崔谷對他開玩笑說：「可惜你不是五色筆。」[1]那童子笑著跳下床榻，又跑回北邊的矮牆，跳進一個小洞。崔谷立即命令僕人把洞穴挖開，得到一枝五色的文筆。崔谷於是拿來寫字，筆鋒尖銳就像新的一樣，使用了一個多月以後，也沒有其他怪異的事發生。

◈元和中，博陵崔谷者，自汝鄭來，僑居長安延福里。常一日讀書牖下，忽見一童，長不盡尺，露髮，衣黃，自北垣下趨至榻前，且謂谷曰：「幸寄君硯席，可乎？」谷不應。

1 按：南朝文人江淹少以詩文著稱，獨步當代。晚年時，偶然夢見郭璞索還五色筆，自此作詩絕無佳句。此即為成語「江郎才盡」的由來。此處筆精引用這個典故，所以崔谷笑他不是五色筆，也是用了同一個典故。

又曰：「我尚壯，願備指使，何見拒之深耶！」谷又不顧。已而上榻，躍然拱立良久，於袖中出一小幅文書致谷前，乃詩也，細字如粟，應然可辨。詩曰：「昔荷蒙恬惠，尋遭仲叔投。夫君不指使，何處覓銀鉤。」覽訖，笑而謂曰：「既願相從，無乃後悔耶！」其僮又出一詩，投於几上，詩曰：「學問從君有，詩書自我傳。須知王逸少，名價動千年。」谷曰：「吾無逸少之藝，雖得汝，安所用？」俄而又投一篇曰：「能令音信通千里，解致龍蛇運八行。惆悵江生不相賞，應緣自負好文章。」谷戲曰：「恨汝非五色者。」其僮笑而下榻，遂趨北垣，入一穴中。谷即命僕發其下，得一管文筆。谷因取書，鋒銳如新，用之月餘，亦無他怪。

會分身的水銀精

出自：《宣室志》

唐代宗大歷年間，有個姓呂的讀書人，原本在上虞縣擔任縣尉，後奉命調到京師，不久僑居於永崇里。有天晚上，呂生邀了幾個朋友在住處聚餐。大夥吃完，正準備睡覺，忽然出現一個只有二尺高的老太婆，從北邊牆角慢慢走出來，她一身潔白的外表和服飾，模樣非常怪異。大家看了不禁相視而笑。老太婆漸漸走到床前，說道：「你有聚會，怎麼不叫我一聲？為何這樣輕視我？」呂生向她大聲呵斥，老太婆又慢慢退到北牆角落，消失不見。大家感到奇怪又害怕，不知她到底是從哪來的。

第二天，呂生一個人躺在床上，又看見那個白衣老太婆出現在北牆角落，往前走了幾步卻又後退，神情有些害怕。呂生又大聲呵斥，老太婆於是消失不見。第三天，呂生心想：「這必定是個精怪，今晚一定還會出現，如果不除掉的話，必然天天來作怪，讓我不得安寧。」於是他將一柄劍放在床下。這天晚上，白衣老太婆果然又從北牆緩緩走來，臉上絲毫沒有害怕的表情。當她走到床前時，呂生猛地一劍砍過去，只見老太婆忽然跳上床，並用手臂撞了呂生的胸口，然後在他的左右兩邊跳來跳去，揮動袖子跳起舞來。過了許久，又一個老太婆跳上床來，也用胳膊撞他。呂生頓時覺得全身像蓋著一層霜似的，渾身冰冷。他連忙又揮劍亂砍。一會兒，又出現了幾個相同模樣的老太婆，像第一個一樣跳起舞來。呂生繼續揮劍砍殺，卻發現老太婆的數量越來越多，最後竟有十多個，每個都只有一寸多長。雖然數量越來越多，面貌卻全都一模一樣，難以分辨，她們繞著四牆飛奔不已。

呂生恐懼萬分，想不出其他辦法。其中有個老太婆對他說：「我們要合成一個人了，你仔細看好！」說著，十幾個小老太婆都走到床前，忽然間合成了一個，與第一次出現的老太婆沒有兩樣。呂生更害怕了，戰戰兢兢地問：「妳是什麼精怪，怎麼敢這樣打擾人？快走吧，不然，我要找道士用法術對付妳，看妳有什麼辦法？」老太婆笑著說：「你的話太過分了，要是真有術士，我倒想見識見識。我來這裡，不過是跟你開開玩笑罷了，沒有要害你，希望你不要害怕，我這就要回去了。」老太婆說完，又慢慢退到北牆角落消失無蹤。

第二天，呂生把這件怪事告訴別人。有個姓田的年輕人，擅長用符咒驅除精怪，在長安城裡頗有名氣。他聽說了這樁怪事之後很高興，對呂生說：「我專門處理這種事！趕走這樣的妖怪不過像抓螞蟻罷了。今晚我可以去你住處，你在家等著吧。」

那天夜裡，呂生同田某一起坐在屋裡。不一會兒，白衣老太婆果然又出現，來到了床前。田某厲聲叫道：「妖魅快滾！」老太婆像沒聽見似的，理都不理，只是慢慢地走來走去。田某說：「這不是我熟悉的東西啊。」這時老太婆突然揮了揮手，手掉落地上，變成一個更小的老太婆，這個小人縱身跳到床上，鑽進了田某口中。田某大驚，叫道：「我要死了！」老太婆對呂生說：「我說過不會害你，你不信，現在田某的狀況，你看怎麼辦？不過這說不定會讓你發財喔。」說完就像往常一樣離去。

第二天，有人叫呂生去挖掘北牆的那個角落，應該能發現什麼。呂生聽了很高興地回家，叫僕人從老太婆經常出現的那個地方往下挖。挖不到一丈深時，就現出一個瓶子，容量可以裝一斛左右，裡面有不少水銀。呂生這才醒悟，那個老太婆就是水銀精。而田某最後卻因為寒氣入體，渾身戰慄著死去了。

◆大曆中，有呂生者，自會稽上虞尉調集於京師，既而僑居永崇里。嘗一夕，與其友數輩會食於其室。食畢，將就寢，俄有一嫗，容服潔白，長二尺許，出於室之北隅，緩步而來，其狀極異。眾視之，相目以笑。其嫗漸迫其榻，且語曰：「君有會，不能一命耶，何待吾之薄歟？」呂生叱之，遂退去。至北隅，乃亡所見。且驚且異，莫知其來也。

明日，生獨寤於室，又見其嫗在北隅下，將前且退，惶然若有所懼。生又叱之，遂沒。明日，生默念曰：「是必怪也，今夕將至，若不除之，必為吾患不朝夕矣。」即命一劍置其榻下。是夕，果是北隅徐步而來，顏色不懼。至榻前，生以劍揮之，其嫗忽上榻以臂揕生胸，餘又躍於左右，舉袂而舞。久之，又有一嫗忽上榻，復以臂揕生。生遽覺一身盡凜然若霜被於體。生又以劍亂揮。俄有數嫗，亦隨而舞焉。生揮劍不已，又為十餘嫗，各長寸許。雖愈多而貌如一焉，皆不可辨，環走四垣。

生懼甚，計不能出。中者一嫗謂書生曰：「吾將合為一矣，君且觀之。」言已，遂相望而來，俱至榻前，翕然而合，又為一嫗，與始見者不異。生懼益甚，乃謂曰：「爾何怪？而敢如是撓生人耶！當疾去！不然，吾求方士，將以神術制汝，汝又安能為耶？」嫗笑曰：「君言過矣。若有術士，吾願見之。吾之來，戲君耳，非敢害也，幸君無懼，吾亦還其所矣。」言畢遂退於北隅而沒。

明日，生以事語於人。有田氏子者，善以符術除去怪魅，名聞長安中。見說喜躍曰：「是我事也，去之若爪一蟻耳。今夕願往君舍，且伺焉。」

至夜，生與田氏子俱坐於室。未幾而嫗果來，至榻前。田氏子叱曰：「魅疾去！」嫗揚然其色不顧，左右徐步而來去者久之。謂田生曰：「非吾之所知也。」其嫗忽揮其手，手墮於地，又為一嫗甚小，躍而升榻，突入田生口中。田生驚曰：「吾死乎！」嫗謂生曰：「吾比言不為君害，君不聽；今田生之疾，果何如哉？然亦將成君之富耳。」言畢，又去。

明日，有謂呂生者，宜於北隅發之，可見矣。生喜而歸，命家僮於其所沒窮焉。果不至丈，得一瓶，可受斛許，貯水銀甚多。生方怪其嫗乃水銀精也。田生竟以寒慄而卒。

從石頭冒出來的美猴王

出自：《西遊記》

在盤古開闢天地之後，三皇、五帝先後治理天下，整個世界劃分成四大部洲：分別是東勝神洲、西牛賀洲、南贍部洲、北俱蘆洲。其中在東勝神洲的邊遠地區，有一個國家，名叫傲來國。傲來國臨近大海，大海中有一座山，叫做花果山。這座山從盤古開天闢地、宇宙混沌初分的時候就屹立在那裡了，山勢高聳峻峭。

在那座山的山頂上，有一塊大石頭。那石頭有三丈六尺五寸高、二丈四尺圍圓。三丈六尺五寸高，象徵著一年中的三百六十五天；二丈四尺圍圓，則代表二十四節氣。石頭上有九個孔洞和八個孔穴，象徵著九宮八卦。四周沒有其他樹木遮蔽，左右則長有芝草蘭花等香草陪襯。從天地開闢以來，每日接收天地真氣與日月精華，時間一久，竟也有了靈性神通。有一天，巨石突然裂開，產出一個石卵，像圓球一樣大，石卵受到自然風化，化育出一隻石猴，五官俱備，四肢皆全。石猴剛誕生，就開始學爬學走，四方探索。牠的圓眼睜開時，發出兩道金光，衝射向天空，驚動天庭的玉皇大帝，於是來到靈霄寶殿，聚集眾位仙卿，商議此異象，並命令千里眼、順風耳開啟南天門，觀看人間界所發生的變化。二將接令前去察看，不久就回報說：「臣奉旨觀看、聆聽金光之處，原來是東勝神洲海濱的傲來國界，有一座花果山，山上有一塊仙石，產下一石卵，風化出的石猴，那隻石猴在探索四方，眼睛發出的金光衝射天空。如今石猴服用了凡間的飲水及食物後，金光已漸沉潛平息。」玉帝於是慈祥地說：「凡間的那隻石猴，乃是天地精華所蘊育而生，不用太過大驚小怪。」

那石猴在山裡，學會了行走跳躍，食用草木，飲用山泉，摘採山花，尋覓樹果；與野狼為伴，與虎豹為群，與獐鹿為友，與獼猿為親；晚上就睡在石崖下面，白天就在群峰山洞之中遊盪。在與世隔絕的山中，不知道歲月的流轉。

有一天，氣候炎熱，石猴和其他群猴躲避太陽的酷暑，都在大松樹的樹陰底下玩耍。有的跳樹攀枝，採花覓果；有的抬頭看天、拜拜菩薩；有的拉扯葛藤、編草繩；有的相互捉虱子，理猴毛；有的追逐打滾，趕蜻蜓，撲蝴蝶，推推擠擠，拉拉扯扯，在青松林下盡情玩耍，在綠水溪邊隨意戲水。

一群猴子玩耍了一陣子，就到旁邊的山澗裡洗澡玩水，群猴看到那澗水奔流，好奇地說：「這股澗水不知道是哪裡流出來的水，趁著今天沒什麼事情，不如我們順著山澗往上攀爬，尋找澗水的源流，去那裡玩耍吧！」大聲呼喊之下，猴群們牽兒帶女，喊弟叫兄，呼朋引伴，全部都一齊趕來，順著澗水爬山，一直到山澗的源流之處，原來是一道飛泉瀑布，從山頂傾瀉而出。眾猴看了，都忍不住拍手稱讚說：「好水！好水！原來這道瀑布可以遠通山腳之下，直接通往大海。」大家七嘴八舌地又說：「看哪一個有本事的，可以鑽進去瀑布裡，找到這個泉水的源頭再出來，又能毫髮無傷、不傷身體的，我們就拜他當猴王。」接連呼喊了三聲，沒有猴子敢嘗試，忽然看見草叢裡中跳出一隻石猴，大聲高叫著說：「我進去！我進去！讓我來試試看！」

只看到石猴閉著眼睛，蹲低身體，縱身一跳，直接衝進瀑布飛泉之中。石猴穿過瀑布，睜開眼睛、抬頭觀看，原來瀑布後面是個大洞穴，既無水也無波，而是堅固的一座橋梁。他站穩了身體，安定了精神，仔細再看，原來腳下是座鐵板橋，橋下的激流，在石竅之間沖刷，最後倒掛著流瀉出去，遮閉了洞口橋門。他上橋頭，往洞穴深處走進去探察，發現裡面別有洞天，好像有人家居住一樣，天然的石椅、石桌、石床，一應俱全，實在是個好地方。

石猴把洞穴裡的樣貌看過一遍，回到橋中間，左右觀看，只看到正中間有一個石碑，碑上有一行楷書大字，刻著「花果山福地，水簾洞洞天」。石猴抑制不住內心的喜悅，急忙轉身往洞口外面走，又閉著眼睛蹲低身體，奮力跳出水外，對著猴群們呵呵大笑說：「太幸運了！太幸運了！」眾猴連忙把他團團圍住，問說：「裡面怎麼樣？水有多深？」石猴說：「沒水！沒水！裡面原來是一座鐵板橋，橋的另一邊是一座天造地設的好住處。」眾猴道：「怎麼說是個好住處？」石猴笑著說：「這個瀑布的水簾其實是橋下急流沖貫石橋，倒掛下來遮閉洞門的。橋邊有花有樹，乃是一座大石穴，洞內有石窩、石灶、石碗、石盆、石床、石凳。中間還有一塊大石碑，刻著『花果山福地，水簾洞洞天』。真的是我們安身之處，裡面非常寬闊，可以容納成千上百的老小，我們全部都進去洞裡住，也省得看老天的臉色，受老天之氣。」

眾猴聽得，個個歡喜跳躍，說：「你先走帶路，帶我們進去。」石猴於是又閉著眼睛，蹲低身體，用力往裡面跳，一邊大叫：「都跟我進來，跟我進來。」那些猴子們有的比較膽大的，都跟著跳進去了；有些比較膽小的，一個個伸頭縮頸，抓耳撓腮，大聲叫喊，折騰鬧了一陣，也一個個跟著進去了。群猴跳過橋頭，進到水簾洞內，一個個興奮地搶盆奪碗，占灶爭床，跑過來，跳過去，沒有一時寧靜，只到鬧得力倦神疲才停止。石猿坐在最高處，看得大家玩到累了，才對著大家說：「大家注意了，『人而無信，不知其可』，你們剛才說，誰有本事進得來，又出得去，而且不傷身體的，就要拜他為王。我現在進來又出去，出去又進來，找了這樣一個好地方讓大家安眠穩睡，讓大家可以成家享福，何不拜我為王？」眾猴們聽他說完，立刻伏地跪拜，一個個依著年紀大小排隊，朝上行禮，稱石猴「千歲大王」。自此，石猿高登群猴王位，把石字略去，稱為「美猴王」。

美猴王帶領著一群猿猴、獼猴、馬猴等，給牠們分派了君臣、輔佐、大臣等職位。白天一起在花果山上遊玩，晚上就住水簾洞中，大家情誼深厚、心意一致，不混在飛禽鳥獸當中，獨立成群，自立為王，快樂得不得了。

◈感盤古開闢，三皇治世，五帝定倫，世界之間，遂分為四大部洲：曰東勝神洲，曰西牛賀洲，曰南贍部洲，曰北俱蘆洲。這部書單表東勝神洲。海外有一國土，名曰傲來國。國近大海，海中有一座名山，喚為花果山。此山乃十洲之祖脈，三島之來龍，自開清濁而立，鴻濛判後而成。真個好山！

那座山正當頂上，有一塊仙石。其石有三丈六尺五寸高，有二丈四尺圍圓。三丈六尺五寸高，按周天三百六十五度；二丈四尺圍圓，按政曆二十四氣。上有九竅八孔，按九宮八卦。四面更無樹木遮陰，左右倒有芝蘭相襯。蓋自開闢以來，每受天真地秀，日精月華，感之既久，遂有靈通之意。內育仙胞，一日迸裂，產一石卵，似圓毬樣大。因見風，化作一個石猴，五官俱備，四肢皆全。便就學爬學走，拜了四方。目運兩道金光，射沖斗府。驚動高天上聖大慈仁者玉皇大天尊玄穹高上帝，駕座金闕雲宮靈霄寶殿，聚集仙卿，見有金光燄燄，即命千里眼、順風耳開南天門觀看。二將果奉旨出門外，看的真，聽的明。須臾回報道：「臣奉旨觀聽金光之處，乃東勝神洲海東傲來小國之界，有一座花果山，山上有一仙石，石產一卵，見風化一石猴，在那裡拜四方，眼運金光，射沖斗府。如今服餌水食，金光將潛息矣。」玉帝垂賜恩慈曰：「下方之物，乃天地精華所生，不足為異。」

那猴在山中，卻會行走跳躍，食草木，飲澗泉，採山花，覓樹果；與狼蟲為伴，虎豹為群，獐鹿為友，獼猿為親；夜宿石崖之下，朝遊峰洞之中。真是：「山中無甲子，寒盡不知年。」

一朝天氣炎熱，與群猴避暑，都在松陰之下頑耍。你看他一個個：跳樹攀枝，採花覓果；拋彈子，邸麼兒；跑沙窩，砌寶塔；趕蜻蜓，撲虮蠟；參老天，拜菩薩；扯葛籐，編草帓；捉虱子，咬又掐；理毛衣，剔指甲。挨的挨，擦的擦；推的推，壓的壓；扯的扯，拉的拉：青松林下任他頑，綠水澗邊隨洗濯。

一群猴子耍了一會，卻去那山澗中洗澡，見那股澗水奔流，真個似滾瓜湧濺。古云：「禽有禽言，獸有獸語。」眾猴都道：「這股水不知是那裡的水。我們今日趕閑無事，順澗邊往上溜頭尋看源流，耍子去耶！」喊一聲，都拖男挈女，呼弟呼兄，一齊跑來，順澗爬山，直至源流之處，乃是一股瀑布飛泉。眾猴拍手稱揚道：「好水，好水！原來此處遠通山腳之下，直接大海之波。」又道：「那一個有本事的，鑽進去尋個源頭出來，不傷身體者，我等即拜他為王。」連呼了三聲，忽見叢雜中跳出一個石猴，應聲高叫道：「我進去，我進去。」好猴！

你看他瞑目蹲身，將身一縱，徑跳入瀑布泉中，忽睜睛抬頭觀看，那裡邊卻無水無波，明明朗朗的一架橋梁。他住了身，定了神，仔細再看，原來是座鐵板橋。橋下之水，沖貫於石竅之間，倒掛流出去，遮閉了橋門。卻又欠身上橋頭，再走再看，卻似有人家住處一般，真個好所在。

看罷多時，跳過橋中間，左右觀看。只見正當中有一石碣，碣上有一行楷書大字，鐫著「花果山福地，水簾洞洞天」。石猿喜不自勝，急抽身往外便走，復瞑目蹲身，跳出水外，打了兩個呵呵道：「大造化！大造化！」眾猴把他圍住，問道：「裡面怎麼樣？水有多深？」石猴道：「沒水！沒水！原來是一座鐵板橋，橋那邊是一座天造地設的家當。」眾猴道：「怎見得是個家當？」石猴笑道：「這股水乃是橋下沖貫石橋，倒掛下來遮閉門戶的。橋邊有花有樹，乃是一座石房。房內有石窩、石灶、石碗、石盆、石床、石凳。中間一塊石碣上，鐫著『花果山福地，水簾洞洞天』。真個是我們安身之處。裡面且是寬闊，容得千百口老小。我們都進去住，也省得受老天之氣。

眾猴聽得，個個歡喜。都道：「你還先走，帶我們進去，進去。」石猴卻又瞑目蹲身，往裡一跳，叫道：「都隨我進來，進來。」那些猴有膽大的，都跳進去了；膽小的，一個個伸頭縮頸，抓耳撓腮，大聲叫喊，纏一會，也都進去了。跳過橋頭，一個個搶盆奪碗，占灶爭床，搬過來，移過去，正是猴性頑劣，再無一個寧時，只搬得力倦神疲方止。石猿端坐上面道：「列位呵，『人而無信，不知其可。』你們才說有本事進得來，出得去，不傷身體者，就拜他為王。我如今進來又出去，出去又進來，尋了這一個洞天與列位安眠穩睡，各享成家之福，何不拜我為王？」眾猴聽說，即拱伏無違，一個個序齒排班，朝上禮拜，都稱「千歲大王」。自此，石猿高登王位，將「石」字兒隱了，遂稱「美猴王」。

美猴王領一群猿猴、獼猴、馬猴等，分派了君臣佐使。朝遊花果山，暮宿水簾洞，合契同情，不入飛鳥之叢，不從走獸之類，獨自為王，不勝歡樂。

關於《西遊記》

作者一般認為是明朝的吳承恩（1506~1582），是一部章回小說，全書共一百回，講述唐三藏與徒弟孫悟空、豬八戒和沙悟淨前往西天取經的故事，內容想像奇特，幻想豐富，成功塑造許多生動的神話人物形象。與《三國演義》、《金瓶梅》、《水滸傳》共同譽為中國小說界四大奇書。

讓人嗜酒如命的酒蟲

出自：《聊齋志異》

山東省長山的劉氏，身體非常肥胖又很愛喝酒。每次一個人喝酒時，往往要喝掉一整甕的酒，他在靠城邊有三百畝的肥沃田地，其中有一半拿來種黍，因為家裡很富有，不會因為喝酒而拖垮家裡的經濟。有一個從西域來的和尚看到他，告訴他身上得了一種怪病。劉氏回答說：「我沒有生病。」和尚說：「你喝酒是不是都喝不醉？」劉氏說：「是的。」和尚說：「那沒錯，這是酒蟲作祟。」劉氏非常驚訝，於是請求和尚替他醫治。和尚說：「這個很容易處理。」劉氏問：「有需要吃什麼藥嗎？」和尚說什麼藥都不用吃，只叫他在中午的時候趴在床上，用繩子綁住他的手腳，並在距離頭約半尺的地方，放上一個盛滿美酒的酒碗。過了一會，劉氏開始覺得口乾舌燥，想喝酒想到快受不了，隨著眼前的酒香撲鼻，饞火彷彿從身體裡燒了上來，偏偏四肢被綁住了，沒辦法喝酒，忽然間，覺得喉嚨很癢，忍不住嘔出一個東西，直接掉進酒碗裡。解開繩子以後，他往酒碗裡面看，看到有一坨長約三寸左右的紅色肉塊，嘴巴眼睛都有，像游魚一樣在碗中蠕動。劉氏嚇了一跳，連忙向和尚道謝，並贈送金銀表達感謝，但和尚不肯收下，只請求要那隻怪蟲。劉氏問：「那隻蟲有什麼用？」和尚說：「這是酒的精靈，只要在甕裡裝水，再把蟲丟進去入攪拌，清水立刻就會變成美酒。」劉氏立即叫人裝水來試驗，果然真的像和尚說的那樣。從這天開始，劉氏只要看見酒就像看見仇人一樣，滴酒不沾，然而，說來奇怪，劉氏的身體愈來愈瘦，家境也愈來愈貧窮了，到最後竟然連三餐都有問題。

異史氏說：每天喝一石酒，並沒有損耗他的財富；每天連一斗酒都不喝，反而更加貧窮：人的飲食難道都是有定數的嗎？有人說：「這酒蟲是劉某的福星而不是劉某的病根，那個僧人只是想要得到那個酒蟲而欺騙了他。」這樣說對嗎？不是這樣嗎？

◈長山劉氏，體肥嗜飲。每獨酌，輒盡一甕。負郭田三百畝，輒半種黍；而家豪富，不以飲為累也。一番僧見之，謂其身有異疾。劉答言：「無。」僧曰：「君飲嘗不醉否？」曰：「有之。」曰：「此酒蟲也。」劉愕然，便求醫療。曰：「易耳。」問：「需何藥？」俱言不須。但令於日中俯臥，縶手足；去首半尺許，置良醞一器。移時，燥渴，思飲為極。酒香入鼻，饞火上熾，而苦不得飲。忽覺咽中暴癢，哇有物出，直墮酒中。解縛視之，赤肉長三寸許，蠕動如游魚，口眼悉備。劉驚謝。酬以金，不受，但乞其蟲。問：「將何用？」曰：「此酒之精，甕中貯水，入蟲攪之，即成佳釀。」劉使試之，果然。劉自是惡酒如仇。體漸瘦，家亦日貧，後飲食至不能給。

異史氏曰：日盡一石，無損其富；不飲一斗，適以益貧：豈飲啄固有數乎？或言：「蟲是劉之福，非劉之病，僧愚之以成其術。」然歟？否歟？

作怪的藤夾膝

出自：《新齊諧》

從前有個士兵名叫伊五，他又矮又醜，又不會逢迎巴結，以至於軍官都看他不順眼。伊五窮得要命，覺得自己活不下去了，獨自走到城外決定上吊自殺。此時突然有個老翁悄然出現，問伊五說：「你為什麼會走上絕路？」伊五於是把自己的窘境如實告訴老翁。老翁笑著說：「我看你神氣不凡，可以來學道術。我這裡有一卷仙書，你讀了之後，保你一生衣食無憂。」伊五便跟著老翁走了數里路，過了一條大溪，分開蘆葦前行，路途十分曲折，就這樣來到一間矮房子，老人讓伊五住在裡邊，跟著他學道術。七天後，伊五仙術學成了，結果老翁連同那矮屋全都不見了。伊五回去以後，從此家境好轉，略有資產，再也不像過去那樣貧困了。

有一天，伊五的一幫朋友慫恿伊五請客，伊五面無難色，答應得很爽快，五、六個人一起來到酒樓大吃大喝，這頓飯竟然花了七千二百錢。大夥聽到價錢，才為伊五發愁，怕他付不出帳，這時忽然有個黑臉漢子跑上樓來，拱手向眾人說：「主人得知伊五爺在這裡請客，特地派小人來奉送酒資，敬請笑納。」說完，解下腰間錢袋放著就走了。大夥數了數錢，正好七千二百文，眾人大為驚異。

有次伊五與朋友走在街上，看見一人騎白馬急馳而過。伊五快步追著那人，口中喝道：「你快把身上那皮囊給我！」那人連忙惶恐地下馬，把懷中一個皮袋子交給伊五，袋子的形狀像半鼓著的豬膀胱，那人拿給伊五後就上馬走了。眾人反覆看這皮袋子，不知道是什麼。伊五說：「這裡頭裝著一名小孩的魂魄。剛才那位騎馬之人，是一個過路遊神，已經偷取無數小兒魂魄了。今天要不是遇見我，又會有個小孩死去。」說完隨即走入一條胡同，在西邊有戶人家，門內傳出陣陣哭聲。伊五拿著皮袋，向門縫張開一個小口，只見一縷黑煙，射進這戶人家門內，不一會就聽到這家人說：「小孩醒了！」全家頓時轉悲為喜。眾人從此覺得伊五真是神通廣大。

碰巧，有個大官家的女兒被妖邪迷惑，聽說了伊五的本事，便準備厚禮求他來除妖。大官的女兒還在房間裡，就已經知道伊五前來的事，神色沮喪不安。伊五一進入房間裡，女子就躲到牆腳，手中緊緊抓著熨斗自衛。伊五把整個房間上下左右仔細檢視一番，然後出來對眾人說：「這是器物成精的妖怪，今晚就為您除妖。」

當天夜裡，漏下三更時，伊五從皮囊中拿出一把鋒利的小寶劍，披頭散髮衝入女子的房間，其他家人不敢進去，都在院外等候。不久聽見房裡傳出叫罵聲、撕打聲、丟擲物品的聲音，還有怒吼咒罵的喧鬧聲。過了許久，逐漸安靜下來，只聽見女子叩頭哀求的聲音，但也不是很清楚。這時伊五匆匆大喊著快拿燈來！家人聽了，和僕婦拿著燭火一擁而入。伊五指著地上一個東西說：「就是這傢伙在作怪。」大家一看，原來是一個夏日用來抱著消暑的藤夾膝。於是家人拿柴火來把這東西燒了，結果竟流了一地鮮血。

◈披甲人伊五者，身矮而貌陋，不悅於軍官。貧不能自活，獨走出城，將自縊。忽見有老人飄然而來，問：「何故輕生？」伊以實告。老人笑曰：「子神氣不凡，可以學道。予有一書授子，夠一生衣食矣。」伊乃隨行數里，過一大溪，披蘆葦而入，路甚曲折，進一矮屋，止息其中，從老人受學。七日而術成，老人與屋皆不見。伊自此小康。其同輩群思咀嚼之，伊無難色，同登酒樓，五六人恣情大飲，計費七千二百文。眾方愁其難償，忽見一黑臉漢登樓拱立曰：「知伊五爺在此款客，主人遣奉酒金。」解腰纏出錢而去。數之，七千二百也，眾大駭。與同步市中，見一人乘白馬急馳而過。伊縱步追之，叱曰：「汝身上囊可急與我。」

其人惶恐下馬，懷中出一皮袋，形如半脹豬脬，授伊竟走。眾不測何物，伊曰：「此中所貯小兒魂也。彼乘馬者，乃過往遊神，偷攫人魂無算。倘不遇我，又死一小兒矣。」俄入一衚衕，有向西人家門內哭聲嗷嗷。伊取小囊向門隙張之，出濃煙一縷，射此家門中，隨聞其家人云：「兒蘇矣。」轉涕為笑。眾由是神之。

適某貴公有女為邪所憑，聞伊名，厚禮招致。女在室已知伊來，形象慘沮。伊入室，女匿屋隅，提熨斗自衛。伊周視上下，出曰：「此器物之妖也，今夕為公除之。」漏三下，伊囊中出一小劍，鋒芒如雪，被髮跣足，仗之而入，眾家人伺於院外。尋聞室中叱咤聲，擊扑聲，與物騰擲聲，詬詈喧鬧聲。良久寂然，但聞女叩首哀懇，不甚了了。伊呼燈甚急，眾率僕婦秉燭入。伊指地上一物相示曰：「此即為祟者。」視之，一藤夾膝也。聚薪焚之，流血滿地。

愛捉弄人的匾怪

出自：《新齊諧》

杭州有個孫秀才，有一次夏天晚上在書房裡讀書，突然覺得額頭上癢癢的，好像有什麼東西在蠕動，於是用手揮了一下，發現有上萬根的白色鬍鬚從房子梁柱上的匾額垂下來，還露出一張人的臉，大約有七石米缸的大小，臉的上面清晰看得到鼻子和眼睛，看著下面的秀才笑。孫秀才一向很大膽，直接用手去扯那些鬍鬚，鬍鬚被扯到以後就縮了起來，最後消失不見，只剩下那張大臉還掛在匾額上面。孫秀才把凳子搬到桌子上，踩著凳子湊近匾額察看，結果那個怪臉就不見了，匾額後面什麼東西也沒有。孫秀才從凳子上下來，不再理會那個怪臉，繼續看書，結果那個怪臉又出現了，又把鬍鬚從匾額上垂了下來。連續幾個晚上都是這樣。

有一晚，那怪臉突然跳到桌子上，用鬍鬚遮住孫秀才的眼睛，孫秀才無法看書，拿起硯臺往它砸過去，發出了像敲木魚的沉悶聲音，那怪臉才連忙跑走。又過了幾天，孫秀才正躺下來要睡覺，那張怪臉突然來到枕頭旁邊，用鬍鬚搔孫秀才的身體，搞得孫秀才無法睡覺，於是拿起枕頭向怪臉扔過去，怪臉在地上滾動，鬍鬚磨擦地板發出颯颯的聲音，然後又跳上匾額消失了。家人們知道這件事以後，大家都非常生氣，趕緊爬上梁柱把匾額摘下來，丟到火裡焚燒，從此怪臉再也沒有出現，過了不久，孫秀才也順利通過科舉考試。

◈杭州孫秀才，夏夜讀書齋中，覺頂額間蠕蠕有物，拂之，見白鬚萬莖出屋梁匾上，有人面大如七石缸，眉目宛然，視下而笑。秀才素有膽，以手捋其鬚，隨捋隨縮，但存大面端居匾上。秀才加杌於几視之，了無一物。復就讀書，鬚又拖下如初。如是數夕，大面忽下几案間，布長鬚遮秀才眼，書不可讀。擊以硯，響若木魚，去。又數夕，秀才方寢，大面來枕旁，以鬚搔其體。秀才不能睡，持枕擲之。大面繞地滾，鬚颯颯有聲，復上匾而沒。合家大怒，急為去匾，投之火，怪遂絕，秀才亦登第。

故事雲 中國精怪經典大閱讀

編著者 吳昆展
美術設計 徐睿紳
內頁排版 高巧怡
行銷企劃 蕭浩仰、江紫涓
行銷統籌 駱漢琦
業務發行 邱紹溢
營運顧問 郭其彬
責任編輯 吳佳珍
總編輯 李亞南
出版 漫遊者文化事業股份有限公司
地址 台北市103大同區重慶北路二段88號2樓之6
電話 (02) 2715-2022
傳真 (02) 2715-2021
服務信箱 service@azothbooks.com
網路書店 www.azothbooks.com
臉書 www.facebook.com/azothbooks.read

發行 大雁出版基地
地址 新北市231新店區北新路三段207-3號5樓
電話 (02) 8913-1005
訂單傳真 (02) 8913-1056
初版一刷 2025年6月
定價 台幣350元

國家圖書館出版品預行編目 (CIP) 資料

故事雲. 中國精怪經典大閱讀/ 吳昆展編著. -- 初版. -- 臺北市 : 漫遊者文化事業股份有限公司出版 ; 新北市 : 大雁出版基地發行, 2025.06
256 面 ; 14.8X21 公分
ISBN 978-626-409-112-1(平裝)

857.2 114006884

ISBN 978-626-409-112-1